O CREPÚSCULO DA ARROGÂNCIA

RMS Titanic minuto a minuto

SERGIO FARACO

O CREPÚSCULO DA ARROGÂNCIA

RMS Titanic minuto a minuto

Capa: Marco Cena
Revisão: Jó Saldanha e Sergio Faraco
Mapa: Fernando Gonda

CIP-BRASIL. CATALOGAÇÃO-NA-FONTE
SINDICATO NACIONAL DOS EDITORES DE LIVROS, RJ

F225c   Faraco, Sergio, 1940-
         O crepúsculo da arrogância : RMS Titanic minuto a minuto /
         Sergio Faraco. – Porto Alegre, RS : L&PM, 2006
         216p. : 21 cm

         ISBN 85-254-1604-5
         1. Titanic (Navio a vapor)- História. 2. Naufrágios - Atlântico
         Norte, Oceano - História. I. Título.

                                               CDD 910.91634
                                              CDU 910.4(261.1)

© Sergio Faraco, 2006

Todos os direitos desta edição reservados a L&PM Editores
Porto Alegre: Rua Comendador Coruja 314, loja 9 - 90220-180
                 Floresta - RS / Fone: 51.3225.5777
Pedidos & Depto. comercial: vendas@lpm.com.br
Fale conosco: info@lpm.com.br
www.lpm.com.br

Impresso no Brasil
Primavera de 2006

Agradece o Autor a José Grisolia Filho, diretor, e Newton Alvim, editor do jornal *A Notícia*, de São Luiz Gonzaga (RS), onde este livro foi publicado como folhetim semanal. Agradece também a Beatriz Viégas-Faria, Dilto Nunes, Luiz Antonio de Assis Brasil e Pedro Silveira Bandeira pela valiosa colaboração prestada.

Suas homenagens ao sítio *Encyclopedia Titanica*, pelo inestimável e profuso material que coloca à disposição de quem se interessa pela história do Titanic, preito extensivo a Sérgio Cherques, autor do *Dicionário do mar*, monumento à arte e à ciência da navegação.

Sumário

INTRODUÇÃO / 9

O CREPÚSCULO DA ARROGÂNCIA / 13
  Primeira Parte – *A alvorada* / 15
  Segunda Parte – *A manhã* / 28
  Terceira Parte – *A tarde* / 46
  Quarta Parte – *O crepúsculo* / 60
  Mapa – *Rotas dos navios* / 143

APÊNDICE / 145
  Recordes de velocidade na travessia do Atlântico / 147
  Último jantar da Primeira Classe / 150
  Arriamento dos botes / 154
  Sobreviventes / 156
  Filmografia / 193
  Eventos posteriores / 196
  Glossário / 205
  Consultas / 209
  O Autor / 212

Introdução

Esta cronologia reconstitui dramático episódio focalizado em centenas de livros, filmes, sítios da Internet, museus e entidades cuja única razão de existir é a evocação do que ocorreu na noite de 14 para 15 de abril de 1912. Decorrido quase um século, o destino do RMS Titanic ainda nos comove, e deixou de pertencer, simplesmente, à história da navegação marítima, para velar qual mítica sombra nos caminhos da memória humana.

Não era apenas um navio.

Era uma bandeira.

Fez sua viagem inaugural nos anos do fausto do império britânico, e suas gigantescas dimensões, a potência de seus motores turbinados, o luxo de suas instalações, demonstravam ao mundo a incontrastável grandeza da nação que lhe dominava os mares. Seu surpreendente naufrágio pode ser entendido qual uma metáfora, dir-se-ia uma espécie de logomarca do crepúsculo do império, que haveria de acentuar-se após a Primeira Guerra Mundial, com a perda de mercados ultramarinos, a concorrência do mercado exportador norte-americano, a crise de sua indústria algodoeira e da produção de suas minas carboníferas.

De resto, aquele palácio flutuante espelhava a pirâmide social contemporânea. Na Primeira Classe, nababos como John Jacob Astor e Benjamin Guggenheim. Na Segunda, a emergente classe média, constante de intelectuais, artistas e a pequena burguesia que derivava da Revolução Industrial. Na Terceira, os miseráveis agrumados nos conveses inferiores, em cabines de até dez leitos, que abandonavam os humílimos lares em busca de um sonho, a prosperidade que porventura encontrariam nos Estados Unidos, país que já começava, ele também, a se converter num poderoso império. No extraordinário filme de James Cameron, descartando-se o romance de apelo popular, prima o relato pela cabal veracidade, à exceção de uma cena do embarque no salva-vidas Standard 6, quando a mãe de Rose Bukater pergunta ao oficial se não há botes exclusivos da Primeira Classe. Não aconteceu, mas poderia ter acontecido: os degraus da pirâmide, como os compartimentos de colisão dos grandes navios, eram isolados por altas e rígidas anteparas. Simbolicamente, tal modelo de uma sociedade aristocrática e perversa, já ameaçado por movimentos obreiros e pela fundação do Partido Trabalhista, que logo obteria numerosa bancada no parlamento britânico, também começa a naufragar com o Titanic.

Valeu-se o Autor de múltiplas e consistentes fontes, mas as principais foram as centenas de páginas dos inquéritos abertos em 1912 e concluídos no mesmo ano em Nova York e em Londres, com extensos e minuciosos depoimentos dos sobreviventes. Não há nesta reconstituição uma só palavra que remeta à ficção. Ela não é uma pintura. Ela é um retrato.

Mas um retrato feito a mão, a história do Titanic tem inúmeros episódios que dificilmente podem ser fixados na devida ordem ou no devido tempo. Ainda hoje desperta polêmica a seqüência e o horário de arriamento dos botes salva-vidas, sobretudo os *standard* 4 e 10. Neste particular, louvou-se o Autor na conclusão do inquérito britânico de 1912, alterando-a quando contraditada por sólidos depoimentos no processo norte-americano ou em desacordo com pesquisas ulteriores disponíveis na Internet. O diálogo telegráfico entre os navios não é menos problemático: nos dois inquéritos transcrevem-se mensagens com seus respectivos assentos de expedição ou de recebimento, sem que se esclareça se tal horário corresponde ao de Nova York ou ao vigente no navio. Também é possível que haja algum desencontro entre o relógio desta cronologia e o tempo real dos eventos que evoca. Como num bico-de-pena, ela ambiciona destacar o rosto singular do modelo, mas talvez um traço ou outro discrepe de sua inviável fotografia.

SERGIO FARACO
Agosto de 2006

O crepúsculo da arrogância

Primeira Parte

A alvorada

1819

O veleiro norte-americano City of Savannah é a primeira embarcação a atravessar o Atlântico com o auxílio de motor a vapor, que impulsiona duas rodas, uma em cada bordo à meia-nau. A viagem de Nova Jersey a Liverpool dura 27 dias, período em que os motores funcionam durante 85 horas, em áreas próximas de terra.

1831

Cruza o Atlântico, de Halifax, na Nova Escócia (Canadá), para Londres, o veleiro canadense Royal William, também com motor a vapor para movimentar as rodas. Pelo acúmulo de sal resultante do emprego da água do mar nas caldeiras para produzir vapor, o motor deixa de funcionar e o navio termina a viagem com o velame, em 25 dias.

1835

O inglês Dionysius Lardner proclama que nenhum navio a vapor pode carregar carvão bastante para navegar mais de 2.500 milhas marítimas, isto é, 4.632km.[1]

1838

O norte-americano Junius Smith, da British & American Steam Navigation Co., discordando do entendimento de Lardner, adquire o navio costeiro inglês Sirius, para adaptá-lo a viagens

---

1. Nos Estados Unidos e na Inglaterra, a milha marítima tem 1.853m. No Brasil, 1.852.

marítimas e fazer a travessia do Atlântico. Os motores trazem uma inovação, os condensadores patenteados por Samuel Hall, que impedem a salinização das caldeiras. Entrementes, o engenheiro inglês Isambard Kingdon Brunel, da Great Western Steamship Co., ultima em estaleiro de Bristol a construção de seu vapor, o Great Western, também com o objetivo de cruzar o oceano. A simultaneidade dos projetos gera uma disputa.

O Sirius é um navio pequeno de 700t e, para empreender a viagem, não leva carga ou passageiros, apenas carvão. O Great Western, de 1.340t, tem 64m de comprimento, 11m de largura e pode transportar 148 passageiros, mas leva apenas sete. Ambos são dotados de rodas, a superioridade das hélices ainda não está comprovada.

Parte o Sirius de Queenstown, e o Great Western de Bristol, quatro dias depois. O Sirius enfrenta ventos fortes, que o obrigam a utilizar mais carvão. Para completar a travessia, suas fornalhas engolem a mobília de bordo, portas e até os mastros de emergência. Chega a Nova York após 18 dias e dez horas, à velocidade média de 7,3 nós = 13,5km/h, batendo o recorde do Royal William.

Efêmero triunfo.

Oito horas depois, chega o Great Western, em 14 dias e 12 horas, à velocidade média de 10,1 nós = 18,7km/h, superando a façanha do Sirius em quase quatro dias e com sobra de 200t de carvão. Na volta à Inglaterra, ambos recebem passageiros. Está inaugurada a era dos vapores oceânicos.

1840

Fundação da Cunard Line, na Inglaterra, por Samuel Cunard.

O vapor Britannia,[2] da Cunard, comandado pelo Capitão Henry Woodruff, faz a travessia do Atlântico Norte entre Liverpool e Boston com 63 passageiros, navegando 12 dias e dez horas a 8,5 nós =15,7km/h, apenas com a propulsão motorizada, embora também seja provido de velame. Na volta, estabelece novo recorde de velocidade: 10,9 nós = 20,1km/h[3]. O Britannia inaugura uma tradição: quase todos os futuros navios da Cunard terão os nomes terminados em "ia".

1845

Fundação da White Star Line, em Liverpool, por Henry Wilson e John Pilkington, para incrementar o comércio do ouro recentemente descoberto na Austrália. Os navios são veleiros.

1860

Criado pelas companhias marítimas o prêmio Fita Azul do Atlântico, para distinguir os navios transatlânticos mais velozes.[4]

1863

Gustav Wolff e Edward Harland fundam o estaleiro Harland & Wolff, em Belfast, na Irlanda do Norte.

A WSL adquire seu primeiro vapor, o Royal Standard. No retorno da viagem inaugural a Melbourne, o navio colide com um iceberg e é obrigado a reparar o casco no Rio de Janeiro.

---

2. Em janeiro de 1842, o Britannia transportou para os Estados Unidos o romancista Charles Dickens e sua esposa Kate. Dickens, no entanto, não apreciou a viagem: padeceu de enjôos e se assustou com as faíscas das chaminés perto das velas. Ao retornar para a Inglaterra, preferiu o veleiro George Washington, ainda que fosse levar três semanas para atravessar o Atlântico.

3. *v.* no Apêndice o quadro "Recordes de velocidade média na travessia do Atlântico (antes da criação da Fita Azul em 1860)".

4. *v.* no Apêndice o quadro "Recordes de velocidade média na travessia do Atlântico (Fita Azul até 1912)".

1867
Em dificuldades financeiras, a WSL é vendida a Thomas Ismay, que por exigência do banqueiro que o financia passa a encomendar a construção dos navios ao estaleiro Harland & Wolff.

1869
Thomas Ismay forma a companhia Oceanic Steam Navigation, para gerenciar a WSL como empresa de navegação voltada para a travessia atlântica de passageiros.

1870
Harland & Wolff constrói o primeiro vapor para a WSL.

1873
Durante uma tempestade, o Atlantic, da WSL, colide com rochas perto de Halifax e naufraga. Perdem-se 546 vidas.

1886
A 22 de março, o jornalista inglês William Stead publica na *Pall Mall Gazette*, de Londres, o conto *How the mail steamer went down in Mid-Atlantic, by a survivor*, relatando o naufrágio de um vapor em alto-mar sem suficientes botes salva-vidas, do que resulta a morte da maioria dos passageiros e tripulantes.

1887
O Republic, da WSL, comandado pelo Capitão Edward Smith – que em 1912 comandará o Titanic –, encalha perto de Nova York. No mesmo dia, a explosão de uma caldeira mata três tripulantes.

1890
Um vapor sob o comando do Capitão Smith encalha no litoral do Rio de Janeiro.

1891
O filho mais velho de Thomas Ismay, Joseph Bruce Ismay, é admitido como sócio na WSL.

1893
   Inicia-se um período de supremacia da Cunard e das companhias alemãs, cujos navios, até 1909, vão estabelecer novos recordes de velocidade média nas rotas transatlânticas.

1894
   Lorde William Pirrie torna-se presidente da Harland & Wolff.

1898
   O escritor norte-americano Morgan Robertson, ex-marinheiro, publica o romance *Futility*. É a história de um grande vapor britânico de 214m de comprimento, 45.000t, 40.000hp, três hélices, dois mastros e 19 compartimentos de colisão, com capacidade para 3.000 passageiros e dispondo de apenas 24 botes salva-vidas, que em sua terceira viagem no Atlântico Norte, em abril, transporta a nata do *high life* europeu e centenas de miseráveis. Perto da ilha canadense de Terra Nova, por volta da meia-noite, o dito insubmergível transatlântico colide em seu costado de estibordo[5] com um iceberg e naufraga. Morrem 2.987 pessoas. O navio chama-se Titan. A edição é tirada em Nova York, por M. F. Mansfield.

1899
   Falecendo o pai, J. Bruce Ismay torna-se presidente da WSL. A companhia lança novo e suntuoso vapor, o Oceanic. Sua velocidade de cruzeiro é 20 nós = 37km/h.

1902
   A WSL é adquirida pela International Mercantile Marine – IMM, do magnata norte-americano J. Pierpont Morgan, proprietário de companhias de navegação, empresas ferroviárias, siderúrgicas e bancos, que já controla a inglesa Inman Line, a norte-americana American Line e a belga Red Star Line, e passa a controlar também, além da WSL, as inglesas Atlantic Transport, Dominion Line e Leyland Line. Ismay é mantido como diretor de operações.

---
5. No Brasil, desde 1884, *boreste*.

Morgan aporta capital para a futura construção de embarcações de luxo, visando atrair representantes do mundo financeiro. Os vapores deverão navegar com bandeira e tripulação britânicas.

1903

O Majestic, da WSL, comandado pelo Capitão Smith, é danificado seriamente por um incêndio.

1904

Aos 41 anos, Ismay, com o apoio do banqueiro Morgan, torna-se presidente da IMM na Inglaterra. O presidente da Harland & Wolff, Lorde Pirrie, é nomeado um dos diretores da empresa.

Em 15 de julho, incendeia-se o vapor General Slocum no East River, em Nova York, com um passivo de 1.030 mortos.

1906

O Baltic, da WSL, sob o comando do Capitão Smith, sofre graves avarias, também em decorrência de um incêndio.

1907

Fita Azul para o Lusitania, da Cunard, em ambas as direções: 23,6 nós = 43,7km/h para leste e 25,6 nós = 47,4km/h para oeste.

A 30 de abril, em jantar na mansão londrina de Lorde Pirrie, em Belgrave Square[6], Ismay propõe a construção pela Harland & Wolff de dois grandes transatlânticos, o Olympic e o Titanic, para concorrer com os vapores da Cunard. Milhares de europeus orientais e também dos países nórdicos, assim como da Itália, emigram para a América. O objetivo de Ismay é dispor de embarcações que, além de velozes, ofereçam maior espaço à Terceira Classe e, ao mesmo tempo, mais luxo aos potentados e a uma crescente classe média. Mais tarde, virá o Gigantic[7]. O custo de cada um é previsto:

---

6. O prédio, hoje em dia, é ocupado pela Embaixada da Espanha.
7. Na Primeira Guerra Mundial, o Gigantic vai operar como navio-hospital, com o nome de Britannic.

1.500.000 libras (7.500.000 dólares, na época). O diretor admistrativo do estaleiro é o engenheiro Thomas Andrews, 39, sobrinho de Lorde Pirrie, e o projetista é Alexander Calisle.

1908

A 29 de julho, a WSL aprova o projeto de navios da classe Olympic, executado por Harland & Wolff com a supervisão de Andrews. Dois dias depois, assinado o contrato para a construção do Olympic e do Titanic, posteriormente a do Gigantic.

A 16 de dezembro, na carreira 2 do estaleiro, inicia-se a construção do Olympic, sob o número de quilha 400.

1909

A 31 de março, na carreira 3, inicia-se a construção do Titanic. Número de quilha: 401. Número de construção: 131428. Número de casco: 390904. Trabalham no estaleiro 14.000 operários. O expediente começa às 7h30min e termina às 17h30min, cinco dias por semana mais a manhã de sábado.

Fita Azul para o Mauretania, da Cunard, nas duas direções: 26 nós = 48,1km/h para leste em quatro dias e 17 horas, e 26,2 nós = 48,5km/h para oeste em quatro dias e dez horas.[8]

Acidenta-se o Adriatic, da WSL. Comandado pelo Capitão Smith, o vapor encalha perto de Nova York.

1910

A 20 de outubro, o Olympic é lançado ao mar.

1911

A 31 de maio, com a assistência de milhares de pessoas, lançado o casco do Titanic, e a WSL desatende a tradição de batizar o navio com uma garrafa de champanhe. São empregadas 22t de lubrificantes para revestir os trilhos de deslizamento e proteger o casco, que representa uma pressão de aproximadamente 1.200kg

---

8. Os recordes do vapor da Cunard só seriam batidos em 1929, pelo alemão Bremen.

por cm². Durante os 62 segundos da descida morre um operário, James Dobbins, esmagado por uma estrutura de madeira. No dia seguinte, os jornais *Irish News* e *Belfast Morning News* publicam amplas matérias sobre o navio, destacando seus 16 compartimentos de colisão (seis deles incorporando as caldeiras) com portas estanques, que se fecham automaticamente quando a água alcança dado nível. As portas também podem ser acionadas da ponte de comando, através de um sistema hidráulico. Inundados os quatro primeiros compartimentos, o navio ainda flutua. A imprensa conclui que o navio é insubmergível e começa a circular, celebrizando-se, uma sentença: *Nem Deus pode afundar*. É só a resposta que deu um operário do estaleiro a alguém que lhe perguntou se, de fato, o navio não afundava.

> O casco, pesando 26.000t, é composto de lâminas compactas de 2,54cm de espessura, com 1,80m de altura por 11m de largura, pesando cada uma 4,5t e fixadas a 350 molduras por 3.000.000 de rebites.

A 14 de junho, o Olympic, comandado pelo Capitão Smith, faz sua viagem inaugural. Parte de Southampton com 1.313 passageiros e alcança Nova York à velocidade média de 21,7 nós = 40,2km/h. No porto, quase esmaga um rebocador.

Em julho, a viagem inaugural do Titanic é marcada para 20 de março do ano seguinte.

A 20 de setembro, a caminho de Cherbourg e perto da ilha de Wight, na quinta viagem entre Southampton e Nova York, o Olympic, ainda sob o comando do Capitão Smith, colide com o cruzador Hawke, da Marinha Real, e tem seu costado de estibordo seriamente avariado. A água invade dois compartimentos de colisão, mas o navio resiste, fortalecendo a crença de que os irmãos gêmeos da WSL não submergem. A viagem inaugural do Titanic é adiada para 10 de abril, pois o acidente do Olympic obriga à cessão de material e pessoal qualificado para o reparo dos danos.

1912

O desenho de Calisle prevê 48 botes salva-vidas, mas são instalados, em janeiro, apenas 16, de madeira, sustentados por turcos rotativos, que somados aos quatro botes dobráveis superam a exigência legal de 16. Tal exigência remonta a 1894 para navios de mais de 10.000t e não mudou quando as embarcações aumentaram de tamanho e capacidade. A tonelagem do Titanic é 46.329t. Andrews quer 32 botes e é voto vencido, Ismay julga que nunca os empregará e não admite congestionar o primeiro convés do navio. Instalados:

> Dois botes com mastro e vela (cúteres), com os números 1 e 2, medindo 7,62 x 2,13 x 0,91m, os *emergency lifeboats*, pendurados a bombordo e a estibordo do lado externo da pequena amurada junto à asa da ponte, com capacidade para 80 pessoas, 40 em cada um; 14 botes numerados de 3 a 16, medindo 9,14 x 2,74 x 1,21m, os *standard lifeboats*, com capacidade para 910 pessoas, 65 em cada um; 4 botes com costado de lona, dobráveis, identificados pelas letras A, B, C e D, medindo 8,22 x 2,43 x 0,91m, os *engelhardt collapsible boats*, com capacidade para 188 pessoas, 47 em cada um.
> Todos os botes têm ou deveriam ter bússolas, e seis dos *standard* têm ou deveriam ter lanternas. Em desuso, estão cobertos por lonas. Os dobráveis permanecem emborcados e também cobertos, o C ao lado do Cúter 1, a estibordo, o D ao lado do Cúter 2, a bombordo, e os outros dois junto à primeira chaminé, o A sobre o alojamento do capitão, a estibordo, e o B sobre o alojamento dos oficiais, a bombordo.

A 3 de fevereiro, o trabalho de aparelhamento é afetado por outra má notícia. O Olympic, ainda comandado pelo Capitão Smith, bate num banco de areia, a 639km de Terra Nova, e perde uma hélice. Para que seja feito o conserto, o Titanic é transferido para a doca Thompson Graving. Os dois navios são vistos e fotografados juntos pela última vez.

A 25 de março, exercícios com botes salva-vidas, movimentados pelos turcos para a posição de arriamento, arriados e içados. A tripulação da casa de máquinas já se encontra no navio. Quatro dias depois, 79 tripulantes são trazidos de Liverpool.

A 31 de março, o Royal Mail Steamship Titanic está quase finalizado, faltam apenas retoques nas cabines de passageiros. Possui as mesmas dimensões do Olympic, mas, com o acréscimo de cabines e algumas alterações estruturais, torna-se mais pesado e agora é o maior navio do mundo.

Tem 269m de comprimento por 28m de largura. Da quilha ao alto das chaminés, 53m. Da quilha ao convés dos barcos, 30,5m. Da linha d'água ao convés dos barcos, 18,5m. Da quilha à linha d'água, 12m. As cabines da Primeira Classe podem hospedar 735 passageiros, as da Segunda, 674, as da Terceira, 1.026. Os alojamentos do pessoal de navegação e de serviço acomodam 892 tripulantes. Em seus 8 conveses, cada qual com 240m de extensão, dependências diversas, além das cabines: ginásio, cafés, barbearia, biblioteca, enfermaria, três salões de refeições, três salões de estar e de fumar, piscina térmica, banho turco e quadra de squash. Os cômodos mais sofisticados são exclusivos da Primeira Classe. Duas grandes escadarias, a da proa, maior, entre a primeira e a segunda chaminés, e a da popa, entre a terceira e quarta, ligam os conveses mais luxuosos, iluminadas por luz natural através de abóbodas envidraçadas. A energia elétrica é produzida por quatro geradores instalados no *tank top*[9], que a distribuem através de 332km de fiação.

---

9. Teto do tanque do fundo duplo do navio, no túnel da popa.

1º de abril de 1912
Segunda-feira

Após entregar o comando do Olympic, chega a Belfast o Capitão Smith. O Titanic está pronto. Fortes ventos ocasionam a transferência dos testes marítimos para o dia seguinte.

2 de abril
Terça-feira

Às 10h, puxado por rebocadores, o navio deixa a doca no rio Lagan e, por seus próprios meios, navega no lago de Belfast, que tem 20km de comprimento e entre 5 e 8km de largura. Ali começam a ser testados os equipamentos, a velocidade até 20 nós e manobras e paradas com reversão de motores.

O Titanic possui dois motores de quatro cilindros e ação alternada, movidos a vapor, cada um gerando 15.000hp em 75rpm, e uma turbina Parsons de baixa pressão, pesando 420t, que recicla o vapor dos motores e gera outros 16.000hp em 165rpm. A propulsão dos motores de ação alternada transmite-se às duas hélices laterais, constantes de três lâminas de 7m de diâmetro, pesando, cada uma, 38t. A propulsão da turbina transmite-se à hélice central, dotada de quatro lâminas de 5m de diâmetro e pesando 22t. O vapor é produzido por 29 caldeiras, 24 com dois terminais e cinco auxiliares com um só, aquecidas por 159 fornalhas. Cada caldeira tem 4,87m de diâmetro e pesa 100t. Pressão de serviço: 215psi. Esta motorização faz com que o navio, em 75rpm, alcance a velocidade de 24 nós = 44,4km/h. Seu leme tem 24m de altura e pesa 101t.

Às 14h, o navio avança para o mar da Irlanda, à velocidade de 18 nós = 33,3km/h, prosseguindo os exercícios, e em duas horas retorna a Belfast. O período de testes dura menos do que um dia.

O supervisor do Board of Trade, Francis Carruthers, procede à inspeção do navio, e uma empresa londrina ajusta as bússolas para operações em mar aberto. É o dia da partida para Southampton. Encontram-se a bordo, além de outros 112 tripulantes, oito oficiais:

> Comodoro Edward Smith, 62, capitão do navio
> Chefe dos Oficiais William Murdoch, 39
> Primeiro Oficial Charles Lightoller, 28
> Segundo Oficial David Blair, 37
> Terceiro Oficial Herbert Pitman, 34
> Quarto Oficial Joseph Boxhall, 28
> Quinto Oficial Harold Lowe, 29
> Sexto Oficial James Moody, 24

O presidente da Harland & Wolff, Lorde Pirrie, não comparece por motivo de saúde, está com pneumonia. Em seu lugar, embarca o engenheiro Andrews, acompanhado de oito técnicos do estaleiro, o chamado Guarantee Group, que deverá avaliar o desempenho do Titanic e sugerir alterações. O diretor de operações da WSL, Ismay, também não embarca, devido a compromissos familiares, e é substituído por outro executivo da empresa, Harold Sanderson.

Às 18h, o Titanic é puxado pelos rebocadores Herald (proa de bombordo), Haskinson e Herculaneum (costados de bombordo e estibordo), e Horbury (proa de estibordo), ao longo do rio Lagan e do lago de Belfast. Perto da cidade de Carrickfergus, na embocadura do lago, os rebocadores se afastam, e o navio, conduzido pelos timoneiros Alfred Nichols, 42, e Albert Haines, 31[10], e ainda sob inspeção, navega até o mar da Irlanda, retorna ao lago de

---

10. Na viagem para Nova York, Haines estará no posto de *boatswein*, isto é, contramestre, marujo que comanda o pessoal encarregado da manutenção do cordame, botes salva-vidas, âncoras etc.

Belfast e, parando, recebe de Carruthers o certificado: "Bom por um ano a partir de 2 de abril de 1912".

Às 20h, parte o Titanic para cobrir 917km até Southampton. Quem o comanda é o Capitão Charles Bartlett, Superintendente de Marinha da WSL. Southampton tem uma população de 123.512 habitantes e seu constante crescimento leva muitas empresas a estabelecerem ali seus portos de embarque. Desde 1907, é o principal terminal dos vapores da WSL.

Segunda Parte

A manhã

3 de abril
Quarta-feira

Tempo bom, frio, enquanto o Titanic atravessa o canal de São Jorge. Entre 4 e 6h, enfrenta espessa neblina. Servido o *breakfast*: frutas frescas e tomates, omelete, mingau de aveia Quaker, batata *sauté*, filé recheado, rolos de arenque defumado, guizado de frango com agrião, bolinhos fritos de cevada, presunto, salsichas, ovos quentes ou fritos. Nas profundezas do navio, a atmosfera não é tão amena. Abrasa-se o carvão no depósito de estibordo da sexta sala de caldeiras e o fogo se alastra. Carvoeiros e fornalheiros começam a agir, retirando-o e molhando-o.

Ao meio-dia, o navio contorna Land's End, extremo ponto sudoeste da Inglaterra. Na Sala Marconi, atrás da primeira chaminé, o telegrafista John Phillips, que nos próximos dias fará 25 anos, e seu assistente Harold Bride, 22, procedem aos ajustes finais do equipamento, com uma chamada geral. Surpreendentemente, respondem uma estação de Tenerife, a quase 4.000km de distância, e outra de Port Said, a mais de 5.000km.

> A estação Marconi de radiotelegrafia consta de duplo emissor e duplo receptor conjugados num só aparelho, operando na freqüência de 700kHz e podendo operar em 500kHz na comunicação com bases terrestres ou para sinais de emergência CQD ou SOS. É alimentada por um gerador de 5kw, com antena 76m acima do nível do mar (quatro fios interligando os dois mastros) e alcance sugerido de 460km, alterado para maior ou

menor na dependência das condições atmosféricas. Sendo necessário, os telegrafistas dispõem de um gerador auxiliar. Os telegrafistas não são funcionários da WSL, mas da Marconi's Wireless Telegraph Co., fundada pelo físico italiano Guglielmo Marconi, que desde 1903 estabeleceu um serviço de transmissão de notícias entre Inglaterra e Estados Unidos. Em 1907, os navios passaram a contar com o moderno sistema.

À noitinha, perto da ilha de Wight, ao largo de Southampton, encontra-se o navio com a embarcação do prático do porto, George Bowyer, que se transfere para bordo. Pouco antes da meia-noite, o Titanic chega a Southampton, atracando no cais 44 da WSL. Os rebocadores Hector, Ajax, Hércules e Netuno, da Red Funnel Line, aproximam o navio do cais, puxando-o pela popa. Por causa da greve dos carvoeiros, iniciada seis semanas antes, há numerosos vapores inativos, entre eles o New York, da American Line, que em breve será protagonista de um ominoso incidente.

4 de abril
Quinta-feira

Embarca parte da tripulação. Inicia-se o recolhimento das provisões e da carga, cujo manifesto, em segunda via, segue hoje para Nova York pelo Mauretania, da Cunard, uma cautela da época. A companhia também trata do abastecimento de carvão. O Titanic não dispõe de combustível bastante para a viagem, traz em suas carvoeiras apenas 1.880t.

A carga é variada:

> Orquídeas, canetas, filmes, porcelana, objetos de prata, algodão, batatas, resinas, vinho, licores, brandy, conhaque e champanhe. Segundo um autor, a quantidade de bebida alcoólica trazida para bordo é suficiente para embebedar meia Nova York durante uma semana.

Alguns itens intrigam: 300 caixas de nozes destinadas ao First National Bank of Chicago, 11 fardos de borracha para o National City Bank of New York, 25 caixas de sardinhas para a firma de investimentos Lazard Frères, um caixote de velas de cera para American Motor Co., além de quatro caixas de ópio sem o nome do remetente.

Andrews inspeciona a obra-prima da WSL e faz críticas anotações em sua cabine, a A36. À noite, vai recolher-se ao hotel South Western, na vizinhança do porto.

5 de abril
Sexta-feira

Primeiro dia do recrutamento dos tripulantes de menor hierarquia. A maioria reside em Southampton, outros vêm de Liverpool, Londres e Belfast. O navio é ornamentado com bandeiras e flâmulas para comemorar a Sexta-Feira Santa e homenagear a população local. À noite, os paramentos são retirados.

O carvão que falta vem de outros navios, inclusive do Olympic, também inativo e sob novo comando.

6 de abril
Sábado

Termina a greve dos carvoeiros.

A maior parte da tripulação já está contratada. O comissário de bordo (tesoureiro), Reginald Barker, 40, e o chefe dos camareiros, Andrew Latimer, 55, vêm do Olympic, a convite do Capitão Smith.

Continua o recolhimento da carga. Serão quase 560t e 11.524 peças avulsas, entre elas o Renault vermelho, ano 1912, de 25hp, pertencente ao milionário norte-americano William Carter, 36, e considerado um dos carros de passageiros mais velozes do mundo. Vai sobrar lugar: a capacidade de carga do navio é de 900t.

7 de abril
Domingo

Às 6h30min, Andrews começa nova inspeção do navio. Mais tarde, retira-se para o escritório do estaleiro em Southampton. A bordo, com exceção dos que tentam debelar o fogo na carvoeira, não se trabalha no domingo. Nenhuma fumaça é expelida pelas chaminés. Ouve-se apenas o sino do navio marcando a passagem das horas.

8 de abril
Segunda-feira

A carga está completa. Finaliza-se também o carregamento das provisões. Os alimentos frescos são guardados nos grandes refrigeradores do bailéu.[11]

Provisões embarcadas:

7.000 pés de alface, 800 latas de aspargo, 44.000 tomates, 1.590kg de cebola, 40.000kg de batata, 250 barris de farinha, 1.130kg de ervilha verde, 16.000 limões, 225 caixotes de mostarda, 40.000 ovos, 1.000 pães de forma, 2.720kg de manteiga, 22 caixotes de champignon, 3.400kg de presunto e bacon, 34.000kg de carne, 11.340kg de aves domésticas e de caça, 4.990kg de peixe fresco, 1.822kg de peixe seco salgado, 4.535kg de arroz, 4.535kg de outros cereais, 1.130kg de salsicha, 25 caixotes de biscoitos diversos, 6.750lt de leite fresco, 2.700lt de leite condensado, 363kg de chá, 1.000kg de café, 1.344kg de creme de leite, 1.972kg de *ice-cream*, 508kg de geléias diversas, 4.535kg de açúcar, 36.000 laranjas, 36.000 maçãs, 13.000 toronjas – *grape fruit*, 453kg de uva, 6 caixões de doces diversos, 15.000 garrafas de água mineral, 22.350 garrafas de bebida alcoólica, 8.000 charutos e 8.000 pacotes de cigarros.

---
11. Convés do navio entre o *tank top* e o convés G.

Também são carregadas 57.000 peças de cozinha e louça, 29.000 peças de vidro e 44.000 talheres. O abastecimento de água potável presume um consumo diário de 63.000 litros.

Andrews, que se encontra no navio desde o amanhecer, fiscaliza todos os procedimentos e resolve pequenos problemas surgidos nos últimos dias. Em seu alojamento, William Murdoch escreve carta à irmã, Margaret, dizendo que espera ser mantido como Chefe dos Oficiais pelo Capitão Smith. Seu trunfo é o Capitão Bartlett, que se mostrou satisfeito com seu serviço no trajeto Belfast-Southampton.

9 de abril
Terça-feira

Todos os oficiais, menos o Capitão Smith, passaram a noite a bordo, cumprindo os quartos regulares de serviço e supervisionando os preparativos para o embarque dos passageiros.

Nos guindastes, na calefação e outros trabalhos, o navio gasta 415t de carvão. A sobra do que trouxe de Belfast, somada às 4.427t que recebeu de outros navios, computam-lhe um total de 5.892t. Não enche as carvoeiras, cuja capacidade é de 8.000t, mas é bastante para sete dias de viagem: o consumo diário, em velocidade de cruzeiro, é de 650t. Persiste, entretanto, o incêndio da carvoeira da sexta sala de caldeiras.

O Capitão Smith traz do Olympic o Chefe dos Oficiais Henry Wilde, 39, rebaixando Murdoch para primeiro oficial e Lightoller para segundo oficial. O segundo anteriormente nomeado, David Blair, que vem do Teutonic, é descartado e, para sua felicidade, não viajará. Para a infelicidade de quem segue a bordo e será vítima da incúria e da sobrançaria, ninguém lhe pergunta onde guardou o binóculo dos vigias. Wilde estava cotado para comandar o Oceanic, mas permanecia em Southampton por causa da greve. Sua nomeação desgosta os oficiais, sobretudo os que são afetados.

Nos dias seguintes, os tripulantes continuarão a chamar Murdoch de "chefe".

Nova imposição do Capitão Smith: o comissário Barker é rebaixado a assistente e é contratado como comissário-chefe Hugh McElroy, 37, que também vem do Olympic, com um salário 25% maior.

O Titanic é visitado pelo supervisor local do Board of Trade, Capitão Maurice Clarke, que inspeciona o navio acompanhado de Andrews e dos oficiais Lowe e Moody. Testa a lâmpada Morse e lança um foguete de sinalização, aprovando. Embarca num dos botes salva-vidas, o Standard 11, e ordena que os oficiais o lancem, com apenas nove tripulantes. Aprova também, quando deveria ter arriado o bote com a lotação completa, 65 passageiros. A incerteza dos oficiais quanto à resistência dos turcos os induzirá a reduzir a ocupação dos botes durante a primeira hora e meia do naufrágio, causando a perda de quase 500 vidas. A inspeção é tão superficial que não alcança os conveses inferiores, convalidando o certificado de qualidade de um navio que traz ardendo uma das carvoeiras – incidente que o capitão, por sua vez, trata de omitir, acordando com a insensata auto-suficiência da empresa: "Não consigo imaginar algo que possa levar um navio a naufragar", ele declarou, antes do embarque, "a moderna construção naval está muito acima de qualquer fatalidade".

Retirando-se o supervisor, Smith faz sua própria inspeção, acompanhado de Wilde e Murdoch. Na ponte, um jornalista londrino o fotografa.

Andrews escreve à esposa, Helen, comentando que o Titanic está pronto, e amanhã, ao zarpar, contribuirá para dar mais prestígio à Harland & Wolff. Na última noite em Southampton, todos os oficiais dormirão no navio, menos o capitão.

10 de abril
Quarta-feira

5h17min

O sol nasce em Southampton. Começam a chegar os tripulantes que dormiram em casa.

6h

Embarca Andrews, ocupando sua cabine, a A36.

7h30min

Embarca o capitão para sua última viagem antes da aposentadoria e recebe o boletim de navegação do imediato, Wilde. Os outros oficiais assumem suas funções: Murdoch, Lightoller, Pitman, Boxhall, Lowe e Moody. No cais, uma multidão de marujos se aproxima do navio, na esperança de conseguir trabalho em sua viagem inaugural.

Parte da estação Waterloo, em Londres, rumo ao porto de Southampton, o trem da London & South Western Railway, trazendo os passageiros da Segunda e Terceira Classes. Entre os da Segunda, os oito músicos da banda liderada por Wallace Hartley, 33.

8h

A tripulação é passada em revista pelo capitão e autoridades do comércio marítimo. Já se encontra a bordo o prático George Bowyer.

9h

Parte da estação Waterloo o trem que conduz para Southampton os passageiros da Primeira Classe e alguns da Segunda.

9h30min

Chega ao porto em sua limusine Daimler o diretor de operações da WSL, Ismay, 49, com o mordomo John Fry e o secretário William Harrison. Vai ocupar as cabines B52-54-56. A família não o acompanha.

Chega também o trem da Segunda e Terceira Classes. Os passageiros da Terceira, na maioria, são emigrantes de 33 nacionalidades que demandam aos Estados Unidos, entre eles 120 irlandeses, 63 finlandeses, 26 suecos e 23 belgas. São embarcados somente após a inspeção sanitária. Portões pantográficos de metal separam as dependências da Terceira Classe das áreas exclusivas da Primeira e da Segunda. Esse obstáculo é uma exigência do Serviço de Imigração dos Estados Unidos para os navios que venham aportar em seu território, na consideração de que, circulando livremente pelos conveses, os imigrantes, no desembarque, podem furtar-se aos exames de saúde e à verificação de documentos. Em Nova York, devem desembarcar em separado, na ilha Ellis. Os portadores de doenças congênitas são obrigados a retornar ao lugar de onde vêm.

9h40min

Parte de Paris o Train Transatlantic, levando para Cherbourg os passageiros que, à noite, embarcarão no Titanic.

10h

Embarca, ocupando a cabine D56 da Segunda Classe, o professor Lawrence Beesley, 34, que ainda em 1912 publicará a memória *The loss of the Titanic*.

11h

Chega ao porto o trem londrino da Primeira Classe. Traz passageiros afamados pela riqueza ou suas atividades, que logo embarcam:

Cabine B38 – *Archibald Butt*, 46, norte-americano, jornalista, diplomata e assessor militar dos presidentes Theodore Roosevelt e William Taft, de retorno aos Estados Unidos após seis semanas de férias na Europa. A 21 de março, avistou-se com o

Papa Pio X, entregando carta em que o Presidente Taft agradecia a nomeação de três cardeais norte-americanos.

Cabine C123 – *Jacques Futrelle*, 37, norte-americano, jornalista, dramaturgo, autor de novelas policiais que vão influenciar Agatha Christie, e sua esposa Lily May, 35, ela também escritora. Voltam para casa ao fim de uma temporada na Europa. Ontem, 9 de abril, Jacques comemorou seu aniversário em Londres. A festa terminou às 3h, e o casal veio para Southampton sem ter dormido.

Cabine C55 – *Isidor Strauss*, 67, norte-americano, um dos milionários a bordo, proprietário da loja de departamentos Macy's, de Nova York, e sua esposa Rosalie Ida, 63, que retornam de um passeio europeu, na companhia de dois criados.

Cabines C80-82 – *George Widener*, 50, norte-americano, possuidor da maior fortuna da Filadélfia, diretor do Fidelity Trust Company of Philadelphia, o banco controlador da IMM, com a esposa Eleanor, 50, e o filho Harry, 27, este um colecionador de obras raras, entre elas um Primeiro Fólio, de Shakespeare, e uma Bíblia de Gutenberg. Estiveram em Paris e em Londres, a passeio.

Cabine B77 – *Lucy Noël Martha*, Condessa de Rothes, 33. Viaja para Vancouver, no Canadá, na companhia da sobrinha Gladys Cherry e de uma governanta.

Cabine C104 – *Arthur Peuchen*, 52, canadense, major de brigada e empresário, presidente da Standard Chemical Company, a maior fábrica de acetona do mundo, filho e neto de construtores de estradas de ferro na Inglaterra e na América do Sul.

Cabine C46 – *Julia Cavendish*, 25, norte-americana, filha de Henry Siegel, presidente da Simpson-Crawford Co., que vai aos Estados Unidos visitar o pai, na companhia do marido, o britânico Tyrrell Cavendish.

Cabine C52 – *Hugh Woolner*, 45, britânico, empresário, diretor de várias companhias, filho do escultor Thomas Woolner.

Cabine C87 – *William Stead*, 62, britânico, autor da premonitória novela de 1886, jornalista de grande influência na Inglaterra, pacifista de prestígio internacional e candidato ao Prêmio Nobel da Paz em 1901, viaja a Nova York a convite do Presidente Taft, para proferir palestra em congresso sobre a paz no Carnegie Hall, no próximo dia 21.

Cabine B69 – *Charles Hays*, 55, norte-americano, proprietário de ferrovias e hotéis no Canadá, esteve em Londres a negócios, acompanhado da esposa Clara, 52.

Cabine C101 – *Caroline Brown*, 59, *Malvina Cornell*, 55, e *Charlotte Appleton*, 53, norte-americanas, filhas de Charles Lamson, principal acionista da empresa de navegação Charles H. Marshall & Co., proprietária da Black Ball Line, de Liverpool. Viajaram à Inglaterra para as cerimônias fúnebres de um familiar.

Cabine C51 – *Archibald Gracie*, 53, norte-americano, coronel do exército, escritor e empresário, pertencente a uma abastada família nova-iorquina, de regresso aos Estados Unidos após uma excursão à Europa.[12]

Da camareira Violet Jessop, 24, que em 1934 escreverá a memória *Titanic survivor:*[13]

> *Próximo a eles estava um casal de idosos de aparência agradável, avançado em anos, por sinal, mas jovens em suas atitudes: era o sr. e sra. Strauss, que envelheceram juntos de maneira graciosa e que nos faziam felizes toda vez que viajavam conosco. Como sempre acontecia, estavam contentes em nos encontrar, por saber do esforço que*

---

12. Casou-se com quatro irmãs, morrendo as três primeiras logo após o casamento. Em 1942, a mansão de sua família, Gracie Mansion, passará a ser a residência oficial do prefeito de Nova York.
13. No Brasil, *Sobrevivente do Titanic*. v. Consultas, ao final.

fazíamos para tornar sua viagem mais confortável. Eles cumprimentavam a todos enquanto se dirigiam ao convés superior para acenar adeus aos amigos.

11h30min

Cerca de 50 pessoas cancelam suas reservas pouco antes da partida. Uma delas é J. Pierpont Morgan, titular da IMM.

Afortunados membros da tripulação não embarcam, licenciados ou por não se apresentarem. Ou por se apresentarem fora do horário: de sua vigia na cabine D56, o professor Beesley vê que são impedidos de entrar no navio três fornalheiros. São os irmãos irlandeses Slade. Passaram a noite festejando a viagem no *pub* Grapes e se atrasaram.

12h

Os vigias perguntam a Lightoller pelo binóculo que usaram de Belfast para Southampton e depois foi recolhido. O segundo oficial responde que não há nenhum disponível. Ninguém sabe onde Blair o guardou e ninguém com autoridade toma a iniciativa de mandar procurá-lo.

O Titanic vai partir, com 992 passageiros. Na proa, Wilde e Lightoller. Na popa, Murdoch. No topo do mastro, a bandeira vermelha e branca, sinal de que o prático orienta o leme. O capitão ordena a partida.

12h15min

O navio levanta âncora e, após apitar três vezes, afasta-se do cais puxado por cinco rebocadores, entre eles o Vulcan. Já propulsionado por seus motores, desce o canal de Southampton. O destino é Nova York, com escalas em Cherbourg e Queenstown (hoje Cobh), na República da Irlanda. Perto da embocadura do rio Test, a sucção de seu poderoso deslocamento, o chamado "efeito canal", faz balançar o vapor New York, que rebenta seis cabos de amarração de 15cm de diâmetro e se movimenta, com a popa em sua direção. O Titanic reverte os motores, mas a colisão é iminente. No derradeiro instante, é evitada pelo Vulcan, que alcança um cabo da embarcação à deriva e a sustenta. A popa do New York deixa de abalroar o casco do Titanic por escasso 1,20m. Passado o susto, um menino de 11 anos, filho do milionário William Carter, ouve um homem dizer:

– Não é um bom começo para uma viagem inaugural.

E de fato não o é. O prático é apenas um auxiliar, não comanda. Quem comanda é o Capitão Smith, e o incidente com o New York, somado à colisão entre o cruzador Hawke e o Olympic, também sob seu comando, sugere sua inaptidão para manobrar navios de maior porte – isto sem contar seu lastimável histórico de acidentes marítimos.

Ainda não foi debelado o incêndio na carvoeira. Tamanho é o descaso do capitão em relação à grave ocorrência que nem ao menos manda registrá-la no diário de bordo.

• De uma carta de Murdoch aos pais, escrita no dia seguinte, perto de Queenstown:

> *Quando deixamos Southampton, passando pelo New York e pelo Oceanic que estavam amarrados um perto do outro, eles se balançaram de tal modo que o New York ficou à deriva e chegou tão perto que, tanto nós quanto ele, corremos um grande risco.*

13h

Pouco antes, ou pouco depois, a gata Jenny, considerada um membro da tripulação e aos cuidados de um ajudante de cozinha, dá cria: é uma grande ninhada de gatinhos. O prático desembarca e o Titanic segue para Cherbourg, atrasado em uma hora por conta do problema com o vapor da American Line. Desce o canal da Mancha, navegando à velocidade média de 19 nós = 35,2km/h.

13h30min

O corneteiro Peter Fletcher, 26, anuncia a tardia abertura do horário de almoço com acordes da melodia *The roast beef of Old England*. Os salões de refeição permanecem abertos até 14h30min. Na Primeira e Segunda Classes, sopas, saladas, lagosta, camarão, rosbife, arenque em conserva e língua de boi. Na Terceira, sopa e bife com repolho, acompanhado de batatas cozidas e pão.

15h45min

Os passageiros do Train Transatlantic, vindos de Paris, desembarcam na gare marítima de Cherbourg. Anunciado o atraso do Titanic.

18h

Hora do jantar, que se estende até 19h30min.

18h30min

Chega o navio a Cherbourg. Suas dimensões não permitem que se aproxime do pequeno cais e ele ancora ao largo, feericamente iluminado por suas 10.000 lâmpadas, cujo fulgor se propaga por 1.116 vigias e 1.954 janelas de vidro. O transporte entre o porto e o navio está a cargo de barcaças da WSL, que também segregam as classes sociais: na Nomadic, Primeira e Segunda Classes, na Traffic, Terceira Classe e malas postais. Na próxima hora e meia, desembarcam 20 passageiros da travessia Southampton-Cherbourg, 13 da Primeira Classe e sete da Segunda, e embarcam 274 novos passageiros, 142 na Primeira, 30 na Segunda e 102 emigrantes na Terceira. Entre os da Segunda, o pintor Samuel Stanton.

Entre os da Primeira e não menos famosos:

Cabines C62-64 – *John Jacob Astor IV*, 47, norte-americano. Entre os passageiros, é o possuidor da maior fortuna, consubstanciada em grandiosos e incontáveis investimentos imobiliários, inclusive o hotel Waldorf-Astoria. Reside em palacete nova-iorquino, na esquina da rua 65 com Quinta Avenida. É proprietário de 18 automóveis e de um vagão particular para as viagens de trem. Na guerra contra a Espanha, em 1898, obteve o posto de coronel, como inspetor-geral não-combatente. Divorciou-se recentemente de sua primeira mulher para casar-se com Madeleine Force, 18. O casal retorna da lua-de-mel no Egito e na França.

Cabines B82-B35 – *Benjamin Guggenheim*, 46, norte-americano, presidente da International Steam Pump Co., com sete estabelecimentos nos Estados Unidos e um na Inglaterra, e titular de lucrativos negócios em áreas correlatas. Viaja com a amante, a cantora francesa Léontine (Ninette) Aubart, 24, o *valet de chambre* e o *chauffeur*.

Cabines A16-20 – *Lady Lucy Duff Gordon*, 48, inglesa, irmã da escritora Elinor Glyn[14], proprietária de lojas de alta-costura em Londres, Paris e Nova York. Acompanha-a o marido, Sir Cosmo Duff Gordon, 49.

Cabines C68-70 – *John Borland Thayer*, 49, norte-americano, vice-presidente da Pennsilvania Railroad, que esteve em Berlim com a esposa Marian, 39, e o filho John (Jack) Borland Thayer Jr., 17.

Cabine A7 – *James Clinch Smith*, 56, norte-americano, herdeiro de considerável fortuna, criador de cavalos de raça, afamado esportista e freqüentador assíduo do *high society* de Nova York e Paris.

Cabine (?) – *Dorothy Gibson*, 22, norte-americana, modelo fotográfico e atriz do estúdio Éclair, protagonista de filmes de

---

14. Autora, entre outras obras, do romance *Man and maid*, publicado no Brasil: *O homem e a escrava*. São Paulo: Companhia Editora Nacional, 1954.

sucesso, que retorna das férias européias na companhia da mãe, Pauline Gibson, 44.

Cabine (?) – *Helen Candee*, 52, norte-americana, escritora e orientalista, autora de obras sobre tapeçaria e estilos de decoração.

Cabine (?) – *Margaret Brown*, 44, norte-americana, ativista de movimentos de defesa dos direitos humanos e da mulher, casada com um dos mais bem-sucedidos mineradores dos Estados Unidos.

Da memória da camareira Violet, comentando sua surpresa ao ver Madeleine Astor, sobre a qual se fez tanta publicidade no último ano:

> *O romantismo que nós não conseguimos deixar de agregar ao perfil de certas personalidades, graças à divulgação na imprensa, muitas vezes se dilui nas impressões do primeiro contato. (...) Ao invés da mulher radiante da minha imaginação, alguém que havia derrotado muitas concorrentes para conquistar aquele espaço, o que vi foi uma quieta, pálida, triste e obtusa jovem, que chegou negligentemente nos braços do marido, aparentemente indiferente a tudo que se passava ao seu redor.*

19h05min

A britânica Bessie Watt, 40, da Segunda Classe, escreve a uma amiga ou parente carta que será postada no dia seguinte, em Queenstown:

> *Você pode ver que já começamos a travessia do Atlântico. Há pouco recebemos os passageiros de Cherbourg e amanhã estaremos em Queenstown, na Irlanda. Ah, querida, este navio tem estilo. Não foi construído para ser veloz, mas confortável, de modo que, dizem eles, não chegaremos antes de quarta-feira à noite. Há duas outras senhoras em nossa cabine, mas isto é ótimo. Temos dois*

guarda-roupas em um, com uma porta que ao mesmo tempo é um grande espelho e com quatro gavetas, além de duas bacias para lavar roupa, a pia e o banheiro.[15]

20h

Os novos passageiros já estão instalados e as barcaças retornam ao porto. O restaurante *à la carte* abre suas portas para quem o prefira ao salão de refeições do navio. Permanecerá à exclusiva disposição da Primeira Classe até às 23h.

20h10min

O Titanic levanta âncora rumo a Queenstown. Vai atravessar novamente o canal da Mancha e contornar a costa sul da Inglaterra, a uma velocidade de 20 nós = 37km/h. Prossegue o incêndio na carvoeira.

Nesta aproximada hora, no Atlântico, menos de 200km ao norte da rota do Titanic, o vapor francês Niagara bate num iceberg, que lhe deforma o casco abaixo da linha d'água, e emite pelo radiotelégrafo a mensagem de CQD[16]. As seqüelas do acidente não são fatais para o navio, que demanda ao porto antes da chegada de socorro. É a primeira de uma série de colisões com gelo nos próximos dias. O inverno nas latitudes setentrionais não foi muito severo. Grande quantidade de gelo se desprendeu da calota polar e, à deriva, segue para o sul.

11 de abril
Quinta-feira

6h

Diariamente, abertura da piscina térmica no convés F, somente para homens. Após as 9h, para ambos os sexos.

---

15. *Portland Oregonian*, 24 apr. 1912.
16. CQ: a todos os navios. D: perigo. Os operadores interpretaram CQ como *come quickly*, venha depressa.

Atualizam-se os instrumentos de navegação. De madrugada, o capitão fez exercícios com o navio, avaliando sua capacidade de manobra.

8h30min

Desjejum até 10h30min. Os passageiros aproveitam o bom tempo para caminhar e conhecer o navio. Alguns da Primeira Classe descem ao tombadilho, mas não conversam com aqueles que viajam nos conveses inferiores, nada têm a dizer a pessoas de inferior condição. Eles freqüentam aquela área aberta aos pobres tão-só para passear com seus cachorros.

10h30min

Inspeção do capitão, acompanhado do engenheiro-chefe Joseph Bell, 50, do comissário-chefe McElroy e do camareiro-chefe Latimer. Também inspecionam o navio Andrews e os técnicos do Guarantee Group. A tripulação cumprimenta o telegrafista Phillips, que está de aniversário.

Simulada uma situação de emergência com um sinal de sino e o fechamento das portas estanques. Pouco depois, aproxima-se o navio-guia e transfere-se para bordo o prático do porto de Queenstown.

11h30min

O navio lança âncora em Queenstown, a quatro quilômetros do porto. É a última escala antes da travessia oceânica. Ismay discute com o engenheiro Bell, quer sua anuência para que o navio, já na segunda-feira, empregue a velocidade máxima, de modo que possa chegar a Nova York na terça-feira, dia 16. Se a pressa se relaciona com o recorde da travessia, é um despropósito. A possibilidade de que o Titanic venha a superar a marca de 1909, pertencente ao Mauretania, da Cunard, é igual a zero.

12h

Parte de Nova York o Carpathia, da Cunard, para Gibraltar.

12h30min

Almoço até 14h30min.

As barcaças America e Ireland trazem sete passageiros da Segunda Classe e 113 da Terceira, além de 1.385 pacotes de correspondência postal[17]. Desembarcam sete da Primeira Classe: o seminarista jesuíta Francis Browne, 31, e seis membros de uma família. Um fornalheiro, John Coffey, 23, natural de Queenstown, esconde-se numa das barcaças e deserta do navio. Entre passageiros e tripulantes, encontram-se a bordo 2.227 pessoas. Primeira Classe: 346. Segunda: 294. Terceira: 708.

Jornalistas vêm conhecer o Titanic e um deles fotografa o Capitão Smith e o comissário McElroy. O convés A é visitado por comerciantes e Astor adquire para Madeleine uma jóia no valor de 800 libras. Quando os comerciantes se retiram, ocorre algo inusitado: um fornalheiro com o rosto negro de fuligem olha para eles da boca da quarta chaminé, que é falsa. Algumas mulheres interpretam a aparição como um mau presságio.

13h15min

O seminarista Browne, na barcaça, tira uma fotografia do Capitão Smith debruçado na amurada da asa da ponte: é a última do comandante. Também são de Browne as raras fotos tiradas a bordo e a derradeira do navio. Na popa, o irlandês Eugene Daly, 29, da Terceira Classe, despede-se de seu país tocando a canção *Lamento de Erin* em sua gaita de foles.

---

17. Pelo serviço de correio, a WSL recebe 70.000 libras anuais do governo inglês.

Terceira Parte

A tarde

11 de abril (cont.)
Quinta-feira

13h30min

O Titanic levanta âncora rumo a Nova York e é seguido por um bando de gaivotas, atraídas por restos de comida despejados no mar pelos dutos de esgoto. Minutos depois, breve parada para o transbordo do prático. Retomando o curso, passa tão perto de um pesqueiro francês que os pescadores são banhados pelas ondas do sulco da proa. Eles acenam e o navio responde com um apito.

Nas horas seguintes, navegando a 19,5 nós = 36,1km/h, ultrapassará o cabo Kinsale e, a menos de dez quilômetros da costa, pelo canal São Jorge, será visto por inúmeras pessoas, imagem que jamais esquecerão. Inclina-se ligeiramente para bombordo, por obra da grande quantidade de carvão retirada do depósito de estibordo, na tentativa de apagar o incêndio. Comentários dos fornalheiros indicam que as mangueiras d'água têm pouca pressão.

18h

Anunciada a janta.

20h

Abertura do restaurante *à la carte*.

12 de abril
Sexta-feira

8h30min

Anunciado o desjejum.

10h30min

Inspeção do capitão e auxiliares. Na Sala Marconi, ele ouve o telegrafista ler mensagem do La Touraine, da Compagnie Generale Transatlantique, congratulando-se com a viagem inaugural e alertando para a presença de gelo à frente. À tarde, Phillips e Bride receberão inúmeras mensagens do mesmo teor. Uma delas dirá que o Corsican, da Allan Line, colidiu com um iceberg e foi obrigado a seguir para St. John, na Terra Nova.

12h

Tempo bom, mar calmo. O incêndio está quase dominado. O Titanic navega a 20 nós = 37km/h e, desde Queenstown, venceu 386 milhas = 715,2km. De suas 24 caldeiras com dois terminais, 23 estão em ação.

13h

Anunciado o almoço.

18h

Anunciada a janta.

20h

Abertura do restaurante *à la carte*.

O telégrafo apresenta problemas, obrigando Phillips e Bride à suspensão temporária do tráfego.

13 de abril
Sábado

8h30min

Anunciado o desjejum.

9h

Mensagem recebida informa que o Rappahannock, da Furness Withy Line, de Liverpool, sofreu danos no leme ao cruzar campo de gelo.

10h30min
Inspeção do capitão e auxiliares. Da casa de máquinas, Bell comunica: o fogo está debelado, mas uma das paredes da carvoeira, que é também uma antepara, foi afetada. Tamanho é o calor lá embaixo que os homens trabalham seminus e numa atmosfera densa de pó de carvão.

12h
Continua bom o tempo. O mar, sereno. Nas últimas 24h, o Titanic deixou para trás 519 milhas = 961,7km. Com as 24 principais caldeiras ativadas, avança a 21 nós = 38,9km/h.

13h
Anunciado o almoço.

16h35min
Mensagem do Californian, da Leyland Line, comandado pelo capitão Stanley Lord, 35. Reporta que o Caronia, da Cunard, sob o comando do Capitão Barr, acusa icebergs na latitude 42°Norte e longitude 40°51'Oeste.

18h
Anunciada a janta. No salão da Primeira Classe, o médico de bordo, William O'Loughlin, 62, faz um brinde ao Titanic.

20h
Abertura do restaurante *à la carte*.

22h30min
O Titanic cruza com o Rappahannock, e este, que não dispõe de radiotelegrafia, alerta pela lâmpada Morse: "Passamos por gelo pesado e diversos icebergs". O Titanic responde: "Mensagem recebida. Muito obrigado. Boa noite". Adiante, o navio enfrenta dez minutos de densa neblina.

14 de abril
Domingo

5h

O telégrafo está em dia, e os operadores assoberbados com o tráfego das mensagens acumuladas dos passageiros.

7h30min

Na quadra de squash, início das aulas com o instrutor Frederick Wright, 24. Um dos alunos é o Coronel Gracie, que já reservou a primeira hora da manhã de segunda-feira.

8h30min

Anunciado o desjejum.

9h

Passageiros observam a passagem de blocos gelados.

Recebida do Caronia a primeira advertência de gelo deste domingo, que é entregue na sala de navegação a Lightoller:

Navios rumando para oeste reportam icebergs e campos de gelo em 42°N – 49° a 51°O.

10h

Murdoch assume seu quarto na sala de navegação.

10h30min

Isidor Strauss troca telegramas com o filho e a nora, que viajam em sentido contrário, para a Europa, no Amerika, da Hamburg-Amerika Linie.

Inspeção do capitão e auxiliares. Tempo bom, mar calmo, soprando de sudoeste um vento moderado e frio. Passageiros caminham pelo convés dos barcos. Estava programado para este horário um exercício com os botes salva-vidas, mas o capitão o cancela para que todos possam assistir ao serviço religioso no salão de refeições da Primeira Classe. É cantado o hino 418 do hinário, *O God our help in ages past*.

Do romance de Beryl Bainbridge, *Every man for himself*:[18]

> *O Capitão Smith dirigiu o ofício divino. Compareceram passageiros de todas as classes, os de terceira bastante contrafeitos por se acharem em ambiente de tamanho luxo. Eles foram destacados para ficar na frente, o que representou um alívio, pois algumas das crianças cheiravam mal e muitas não paravam de coçar a cabeça.*

11h40min

Recebida do Noordam, da Holland-America Line, a segunda advertência de gelo:

Congratulações ao capitão pelo novo comando. Ventos moderados de oeste, tempo bom, nenhuma cerração, mas muito gelo reportado em 42°24' a 40°45'N – 49°50' a 50°20'O.

12h

Almoço festivo no salão de refeições da Primeira Classe.

Conferida a posição do navio em relação ao sol, com o sextante: fez 546 milhas = 1.011,7km desde as 12h de ontem. A velocidade subiu para 21,5 nós = 39,8km/h. Os preparativos para pôr em ação as cinco caldeiras auxiliares de um só terminal indicam que tanto o engenheiro Bell como o Capitão Smith cederam à pressão de Ismay, e a idéia é imprimir ao navio, talvez ainda hoje, sua velocidade máxima.

13h

Lightoller afixa na sala de navegação a mensagem do Caronia, recebida quatro horas antes, após mostrá-la a Murdoch, que responde:

– Certo.

---

18. Na edição brasileira, *Cada um por si. v.* Consultas, ao final.

13h42min

Recebida do Baltic, da WSL, comandado pelo Capitão Ranson, a terceira advertência de gelo:

Ventos variáveis e moderados, tempo bom, limpo desde cedo. O grego Athenai reportou icebergs e campos de gelo hoje em 41°51'N – 49°52'O. Noite passada falamos com o navio-tanque alemão Deutschland, de Stettin para Philadelphia e com pouco carvão, em 40°42'N – 55°11'O. Favor informar ao New York e a outros navios. Desejamos ao Titanic todo o sucesso.

A posição dista 450km à frente do Titanic. A mensagem é entregue ao Capitão Smith, que ao invés de mandar afixá-la na sala de navegação, entrega-a a Ismay, com quem está a almoçar, na companhia do banqueiro Widener. Ismay lê e, sem nada dizer, guarda-a no bolso.

13h45min

Recebida do Amerika a quarta advertência de gelo. Dois grandes icebergs foram observados em 41°27'N – 50°8'O. Um curto circuito no telégrafo ocupa os operadores e o aviso não é encaminhado à ponte.

14h

Wilde assume seu quarto na sala de navegação. Os oficiais discutem sobre a possibilidade de encontrar gelo e concordam num ponto: o perigo tem hora marcada, entre 20 e 1h.

17h30min

A temperatura começa a cair.

17h50min

O capitão altera ligeiramente o curso para o sul, supostamente uma precaução contra os campos de gelo, mas não reduz a velocidade. Ao contrário, o navio faz agora 22 nós = 40,7km/h.

Ismay interpela Andrews, alegando que a mudança de curso, possivelmente, resultará em atraso na chegada a Nova York.

Do romance de Beryl Bainbridge:

> *Ouvi Andrews dizer:*
> *– Você mesmo me mostrou uma mensagem pelo rádio do navio grego Athenai informando sobre grandes quantidades de campos de gelo.*
> *– Há sempre gelo nesta época do ano – disse Ismay.*
> *– Que diabos, esta é uma viagem inaugural.*
> *E ambas as vozes se acaloraram. Deduzi que eles discutiam sobre a importância de chegar na terça-feira em vez de na quarta.*

18h

Anunciada a janta.

Lightoller assume seu quarto na sala de navegação, substituindo Wilde. No timão, Arthur Bright, 41. No cesto da gávea, 15m acima do convés, George Hogg, 29, e Alfred Evans, 24, dois dos seis vigias do navio. Eles alcançam o cesto por uma escada no interior do mastro da proa e vão cumprir um plantão de duas horas.

18h30min

Phillips e Bride reparam o telégrafo e tratam de expedir as mensagens particulares que novamente se acumularam. Os telegramas são encaminhados pelos passageiros em dependência do convés D e chegam à Sala Marconi através de um tubo pneumático, pelo qual volta o recibo.

19h

A temperatura continua caindo: 6°C.

19h15min

Lightoller manda verificar se as escotilhas do castelo da proa estão fechadas, de modo que as luzes internas do navio não perturbem a visão dos vigias no cesto da gávea.

No salão de refeições da Primeira Classe, chegam Isidor e Rosalie Strauss para jantar e são recebidos pelo garçom William Burke, 31, cuja única função é servir o proprietário da Macy's.

19h30min

Tempo bom, mar calmo. Já anoiteceu. A temperatura baixa rapidamente: 4°C. A queda indica aproximação de campos de gelo.

Na Sala Marconi, o turno é de Phillips, mas Bride o substitui para que possa jantar. Ele ouve e anota a quinta advertência de gelo, expedida pelo cargueiro Californian, navegando de Liverpool para Boston, e dirigida ao Antillian: três grandes icebergs em 42°3'N – 49°9'O, posição 146km à frente do Titanic. O Californian repete a mensagem, agora para o Titanic. Bride responde:

OK, ouvi quando você a passou ao Antillian.

A mensagem é encaminhada à ponte. Aparentemente, quem a recebe não é Lightoller, mas o Quarto Oficial Boxhall, cuja reação é meramente burocrática: assinala os icebergs na carta náutica. O capitão não toma conhecimento, ele está no restaurante *à la carte*, no convés B, onde será homenageado. Ismay, por sua vez, ainda se encontra no salão de refeições da Primeira Classe, jantando com o médico William O'Loughlin.

Cardápio do último jantar dos passageiros da Primeira Classe:[19]

> Hors-d'œuvre do bufê
> Sopas: Consomé Olga e creme de cevada.

---

19. *v.* receitas no Apêndice.

Pratos principais: salmão com molho *mousseline* e pepino, frango salteado com molho *lyonnaise*, pato assado com molho de maçã, pernil de carneiro assado com molho de menta, filé-mignon Lili, contrafilé grelhado com batatas *chateau*, prato misto Romana, abobrinha amassada com agrião e aspargos frios a vinagrete, paté de fígado de ganso e talos de salmão.

Sobremesas: pudim inglês Waldorf, pêssegos em geléia de licor, carolinas de chocolate e baunilha e sorvete francês.[20]

De Lady Duff Gordon, que em 1932 escreverá a memória *Discretions and indiscretions*:

> *Recordo-me muito bem de nossa última refeição. Tínhamos em nossa mesa um grande vaso de narcisos silvestres, tão frescos que pareciam recém-colhidos. Todos estavam alegres e na mesa vizinha algumas pessoas faziam apostas sobre o provável recorde de tempo da travessia. Ninguém sonhava que o Titanic chegaria ao seu porto naquela mesma noite.*

Do romance de Beryl Bainbridge:

> *Ginsberg tinha sugerido a idéia de colher apostas sobre o tempo que levaríamos para chegar a Nova York. Já os passageiros de Terceira Classe haviam montado um quadro-negro no lugar do passeio na popa do convés C e estavam aceitando abertamente o dinheiro das apostas. (...) Indaguei-lhe [a Ismay] se achava que iríamos quebrar alguns recordes em nossa viagem inaugural, e ele respondeu algo com o sentido de que cabeças iriam rolar se tal não acontecesse.*

---

20. ARCHBOLD, Rick & McCAULEY, Dana. *The last dinner on the Titanic*, conf. *Zero Hora*. Porto Alegre, 27 mar. 1998. Gastronomia.

20h

No cesto da gávea, Hogg e Evans são substituídos por George Symons, 24, e Archie Jewell, 21. No timão, Alfred Olliver, 27, no lugar de Bright, para um plantão de duas horas. Phillips reassume o telégrafo. Bride recolhe-se ao alojamento dos telegrafistas, contíguo à Sala Marconi. Na sala de navegação, assessorando Lightoller, estão Boxhall, que acaba de calcular a posição do navio, e Moody.

– Agora vá dar uma olhada nos conveses e volte às 9h30min – diz Boxhall a Moody.

No salão de refeições da Segunda Classe, o reverendo Ernest Carter, 54, dirige um serviço religioso, que se estenderá até às 22h. No restaurante *à la carte*, o banqueiro Widener, na companhia da esposa Eleanor e do filho Harry, oferece ao Capitão Smith um sofisticado jantar, com a presença de seleto grupo de convidados: John Borland Thayer com a mulher Marian e o filho Jack Jr., Lucile e William Carter e o assessor presidencial Major Butt. O restaurante pertence ao Ritz Hotel, de Londres. O gerente é o italiano Luigi Gatti, 37, embarcado no Titanic a despeito dos protestos de sua mulher, que teve um mau pressentimento.

20h40min

A temperatura é de 0,5°C e Lightoller manda vistoriar o suprimento de água doce do navio[21]. Ordena também que sejam ligados os aquecedores no alojamento dos oficiais.

20h55min

O capitão pede licença para ausentar-se da festa e visita a ponte. Boxhall o informa sobre a posição do navio, tirada às 20h. Noite estrelada, sem lua. O capitão conversa com Lightoller sobre

---

21. O congelamento da água doce ocorre a 0°C na escala Celsius. A água do mar, devido ao seu conteúdo de sal, permanece líquida em temperaturas ainda mais baixas.

o tempo, a visibilidade e a navegabilidade nessa área crucial da travessia. O segundo oficial ignora que já chegaram cinco advertências de gelo – tampouco o alerta o capitão – e comenta que, tendo chegado apenas uma, a do Caronia, às 9h, é possível que haja gelo pela frente, mas não muito. Acredita também que, se houver icebergs, serão vistos à claridade das estrelas, mas ambos convêm em que um obstáculo de certa magnitude pode ser melhor detectado através da arrebentação do que pela luz refletida pelas suas partes superiores. O mar, no entanto, plácido qual um lago, minimiza a arrebentação.

21h20min

Segue o capitão para seus aposentos, recomendando que o despertem se houver alguma dúvida sobre a navegação. Lightoller ordena a Moody que telefone aos vigias Symons e Jewell: estejam atentos aos icebergs e transmitam o aviso aos substitutos. A visibilidade é excelente, mas a vigilância, já se sabe, processa-se a olho nu.

21h30min

Recebida do Mesaba, a serviço da Red Star Line, a sexta advertência de gelo, reportando vastos campos gelados e enormes icebergs em 42° a 41°25'N – 49° a 50°30'O, precisamente na rota do Titanic. Atarefado com o tráfego e considerando que avisos semelhantes já são conhecidos, Phillips não a encaminha à sala de navegação, deixando-a numa bandeja em sua mesa, sob um peso de papel.

A temperatura é de 0°C. O Titanic avança na máxima velocidade que até agora empregou: 22,5 nós = 41,6km/h.

21h35min

Phillips responde ao Mesaba:
Recebida. Obrigado.

21h38min

O telegrafista Stanley Adams, do Mesaba, envia nova mensagem: está à espera da notícia de que a advertência de minutos antes foi passada ao Capitão Smith. Phillips não responde. Ele continua enviando e recebendo os telegramas sociais dos passageiros, através da estação Marconi de Cape Race, na Terra Nova.

22h

Céu claro, sem nuvens, mar sereno. A temperatura é negativa: menos 0,5°C. No comando, Lightoller é substituído por Murdoch e lhe transmite o curso e a velocidade. Conversam sobre a possibilidade de encontrar gelo e concluem que talvez isso aconteça dentro de mais ou menos uma hora. Boxhall diz a Moody que tome seu lugar na sala de navegação. Antes de se recolher, inspeciona alguns conveses. No timão, Olliver é substituído por Robert Hichens, 29. No cesto da gávea, Frederick Fleet, 25 anos, e Reginald Lee, 41, que são avisados da provável ocorrência de gelo. Eles não dispõem de nenhuma proteção para o rosto e continuam sem binóculo. Há outros três a bordo, dois para os oficiais na sala de navegação e um terceiro para os práticos dos portos, mas ninguém cogita de ceder este último aos vigias. No inquérito que, ainda em abril, será instaurado no Senado dos Estados Unidos, o Senador Smith perguntará a Fleet se à noite, com binóculo, ele poderia ver um iceberg à distância:

– Nós o veríamos um pouco mais cedo.
– Quanto mais cedo?
– O bastante para poder evitá-lo.

22h30min

O Californian apaga os motores e pára em meio a um pesado campo de gelo de aproximadamente 47km de comprimento por 4km de largura. Sua tripulação vê ao longe as luzes de um navio.

A temperatura da água cai severamente: menos 2°C. A temperatura do ar é de menos 1°C.

Da memória da camareira Violet, que neste momento caminha pelo convés A:

> *O frio era tão intenso que penetrava em meus ossos. Gotículas de água iguais a fadinhas, vindas do mar, flutuavam sobre os costados do navio e deixavam meu rosto umedecido. Eu tremia de frio. (...) No momento em que entrei, pensei no homem que estava no cesto do mirante. Era um trabalho totalmente inapropriado para uma noite como aquela.*

22h45min

O Titanic mantém a velocidade.

No Californian, o Capitão Lord conversa com o engenheiro. Mostra-lhe o navio que avistou minutos antes e o convida para ir à Sala Marconi saber das novidades.

– Que navio é aquele? – pergunta ao telegrafista Cyrill Evans, 20.

– É o Titanic.

O capitão discorda. Pela posição das luzes, ele acha que a mastreação é diferente.

– Você pode manter contato com algum navio?

– Sim, com o Titanic.

– Então avise que estamos parados por causa do gelo.

23h

Recebida do Californian a sétima advertência de gelo. O Capitão Lord informa que seu cargueiro, cercado pelo gelo em 42°5'N – 50°7'O, vai passar a noite ali.

23h10min

Por que o Titanic, obra-mestra da moderna construção naval, haveria de interromper a expedição das mensagens que os magnatas encomendam de suas suítes, para dar ouvidos àquele monte de sucata, àquele decrépito cargueiro que, por medo, agachou-se no meio do gelo?

Phillips responde:

Caia fora. Cale a boca. Estou operando com Cape Race e você está bloqueando meu sinal.

E não passa a mensagem recebida à sala de navegação. Evans, por sua vez, não retruca e, durante a próxima meia-hora, irá distrair-se ouvindo o incessante tráfego do Titanic.

23h15min

Mensagem do Titanic para Cape Race:
Desculpe. Bloqueado. Repita, por favor.

23h30min

Phillips encerra a comunicação com Cape Race.

23h35min

No Californian, Evans desliga o aparelho e vai dormir. No cargueiro parado no gelo, mantém-se desperto tão-só o pessoal do quarto. Um dos tripulantes tenta contatar pela lâmpada Morse com o navio cujas luzes são vistas pela proa de bombordo. Não há resposta, embora o alcance dos sinais da lâmpada seja de 18km.

Fleet, no cesto da gávea, percebe uma névoa à frente do Titanic. Na asa da ponte, Murdoch também vigia, acompanhado de Moody, mas eles só podem ver aquilo que aparece acima da linha da proa. Um distante ponto de luz branca, a bombordo, que jamais será identificado, chama a atenção dos vigias e dos oficiais e quem sabe os distrai. Talvez seja a mesma e misteriosa embarcação que o Capitão Lord vê do Californian. Talvez seja o próprio Californian.

Quarta Parte

O crepúsculo

I

14 de abril (cont.)
Domingo

23h40min

Fleet vê, a menos de 500m, a massa escura de um enorme iceberg, elevando-se a quase 20m da superfície, e de pronto bate o sino três vezes. Apanha o telefone e espera que alguém atenda na sala de navegação.

– Há alguém aí? – grita.
– Sim – responde Moody, sereno –, o que você está vendo?
– Iceberg! Direto à proa!

Moody, educadamente, agradece, e comunica a Murdoch, que já acorre da asa da ponte. Na sala do leme, atrás da sala de navegação, o primeiro oficial ordena ao timoneiro Hichens:

– Carregue todo o leme a estibordo!

Já de volta à sala de navegação, gira a manivela do telégrafo, determinando à casa de máquinas parada dos motores e reversão a toda potência. Pelo sistema hidráulico, fecha todas as portas estanques. Deveria acionar previamente o respectivo alarme e esperar dez segundos para fechar. A precipitação o leva a fazer as duas coisas ao mesmo tempo, pois decorrem apenas 15 segundos entre o aviso do vigia e o fechamento das portas. Boxhall, que em seu alojamento ouviu o sino, larga a xícara de chá, levanta-se e dirige-se à sala de navegação, 26m adiante.

A 22,5 nós = 41,6km/h[22], são necessários 20 a 30 segundos para o leme responder ao timão, ou seja, um avanço de 600m. A parada de emergência, com eficaz reversão dos motores, exige 800m. O navio diminui a marcha para 20 nós = 37km/h.

A proa começa a virar para bombordo.[23]

Vira dez graus, mas não basta: 37 segundos após o aviso do vigia, o Titanic colide em seu costado de estibordo, abaixo da linha d'água e três metros acima da quilha, com a montanha de gelo. Boxhall, a meio caminho da sala de navegação, sente o baque. Um ligeiro tremor sacode o navio e, durante dez segundos, um surdo rangido assusta quem ainda não dormiu ou desperta quem já o fez. Amassadas, as placas da carena têm as cabeças de seus rebites arrancadas e cedem em vários pontos, ao longo de mais de 90m[24]. As fendas são de alguns centímetros ou escassos milímetros, mas permitem que os quatro primeiros compartimentos de colisão estejam abertos para o mar. Duas toneladas de gelo sujo se desprendem da grimpa do iceberg e tombam despedaçadas entre o castelo da proa e a ponte de comando, e também na seção de vante do convés A.

O timoneiro Olliver, que se encontra perto da ponte, vê o iceberg passar. O cume ultrapassa o convés dos barcos. Ele dirá depois:

– Não era branco, mas de uma espécie de azul-escuro.

---

22. Segundo entrevista que Boxhall concederá em 1962 a uma emissora de rádio, o Titanic estaria em sua velocidade máxima, ou seja, em torno de 24 nós = 46km/h.

23. A discrepância entre o comando para estibordo e o movimento do navio para bombordo deve-se ao ilógico sistema em uso, com uma haste de ferro na cabeça do leme, determinando que, no mecanismo direcional, a ordem de carregar para um lado resulte em ação inversa. A partir de 1928, esse mecanismo será substituído por um sistema lógico.

24. Descobrir-se-á nos anos 80 que o aço dos rebites é de inferior qualidade. O das lâminas, por sua vez, contém excessivo teor de enxofre, tornando-as passíveis de rachaduras na água gelada.

Henry Harper, 48, da família americana de editores de jornais, senta-se na cama em sua cabine D33 da Primeira Classe e, pela vigia, vê o gelo e pedaços que dele se partem. Na cabine E50 da mesma classe, o norte-americano George Harder, 25, em lua-de-mel com a esposa Dorothy, 21, ouve o barulho. Ao espiar pela vigia, dá com a parede maciça do iceberg. Não longe dali, o também norte-americano James McGough, 35, executivo da empresa Strawbridge & Clothier, da Filadélfia, tem uma experiência mais concreta: pela vigia aberta, pedaços de gelo tombam dentro de sua cabine, a E25 da Primeira. O timoneiro George Rowe, 32, no castelo da popa, surpreende-se com a passagem do iceberg e se aproxima da amurada para contemplá-lo. Também o vê o empresário britânico Hugh Woolner. Ao sentir o choque, ele abandona o salão de fumar e, no convés, encontra um homem que lhe diz:

– Batemos num iceberg. Lá está ele.

A 150m da popa, reflete a escuridão da noite a pasmosa montanha. Entrementes, a inocente Madeleine pensa que o choque e os rangidos resultam de algum problema na cozinha.

Do poema satírico de Hans Magnus Enzensberger, *Der untertang der Titanic*:[25]

> *São onze e quarenta*
> *a bordo. Há uma fenda*
> *de duzentos metros*
>
> *sob a linha de flutuação*
> *na pele de aço, talhada*
> *por uma faca inconcebível.*

23h42min

O capitão deixa seu alojamento e chega à ponte.
– Murdoch, o que foi isso?

---

25. No Brasil, *O naufrágio do Titanic*. v. Consultas, ao final.

– Um iceberg, senhor. Mandei carregar a estibordo e reverter motores, mas ele estava muito próximo e batemos. Aconteceu antes que eu pudesse fazer qualquer outra coisa.

– Portas estanques fechadas?

– Sim, fechadas.

– Foi dado o alarme de fechamento?

– Sim, senhor.

Pelo telégrafo, o capitão ordena à casa de máquinas meia-força à frente, mas logo contra-ordena: parar os motores. E manda Boxhall inspecionar os danos. Murdoch diz ao timoneiro Olliver que faça no livro de ocorrências o registro da colisão, ocorrida às 23h40min.

Com exceção dos tripulantes na ponte e nos compartimentos de vante do navio, poucos se compenetram da gravidade do acidente. No salão de fumar da Primeira Classe, passageiros se erguem das poltronas, estranhando o tranco e o barulho, mas ignoram o que os causou. Symons, folgando do quarto de vigia, descansa em seu beliche. Ele supõe que a âncora tombou e o som que ouviu foi o da corrente raspando no costado do navio. Na suíte B52, Ismay desperta e interroga um camareiro, que nada sabe. Na cabine C51, o Coronel Gracie estava dormindo e foi despertado pelo solavanco. Ele abre a porta, não vê ninguém no corredor e também não ouve nenhum sinal de comoção, mas preocupa-se com o súbito silêncio dos motores. Na cabine D56, o professor Lawrence Beesley estava lendo e, inquieto, pergunta a um camareiro que está passando pelo corredor:

– Por que paramos?

– Não sei – responde o outro –, mas não será nada de maior.

Também procuram um camareiro o norte-americano Dickinson Bishop, 25, e sua esposa Helen, 19, à porta da cabine B47.

– Podem voltar para a cabine – diz o homem. – Não há nada a temer. Apenas batemos num bloco de gelo e já o ultrapassamos.

Lightoller também deixa o alojamento e encontra o Terceiro Oficial Pitman. Ambos reconhecem que algo incomum aconteceu com o navio.

Lady Duff Gordon, na cabine A20, desperta assustada:

> *Fazia uma hora que eu deitara, as luzes estavam apagadas e então fui acordada por um barulho terrível, algo que jamais ouvira antes. Era como se a mão de um gigante estivesse a rolar bolas de boliche. E então o navio parou.*

Do relato da dinamarquesa Carla Andersen-Jensen, 19, passageira da Terceira Classe:

> *Eu dividia a cabine com três garotas, duas inglesas e uma sueca. Nós nos recolhemos cedo, pois aos passageiros da Terceira Classe era vedado o acesso a outros conveses após as 22h. Meia hora depois, sentimos um baque, mas sem demora voltamos a dormir, nós confiávamos no Titanic. As outras três moças não sobreviveriam.*

Da memória da camareira Violet:

> *Um estampido! Depois um ruído baixo de algo se partindo, sendo mastigado, rasgando-se. O Titanic tremeu levemente e o som dos seus motores cessou lentamente. Tudo quieto, um silêncio mortal se fez presente por um minuto. Depois, portas começaram a se abrir e ouviam-se vozes indagando. Vozes reprimidas passaram defronte à nossa porta, e as perguntas eram respondidas com calma. (...) Esperei que Ann[26] falasse alguma coisa, pois sabia que ela estava acordada. Coloquei minha cabeça para o lado do beliche em sua direção, e ao meu olhar ela respondeu com a maior tranqüilidade deste mundo que, aparentemente, algo tinha acontecido.*

---

26. Pseudônimo. Na verdade, Elizabeth Leather, 41.

Do testemunho juramentado do negociante francês de algodão, Alfred Omont, 29, passageiro da Primeira Classe, prestado ao vice-cônsul britânico no Havre:

> *(...) fomos jogar bridge no café Parisiense. Jogamos até 23h40min, quando sentimos um choque. Já cruzei o Atlântico 13 vezes e posso garantir que não foi muito forte, cheguei a pensar que provinha do impacto de uma onda. Passados uns minutos, pedi ao garçom que abrisse a vigia. Não vimos coisa alguma. No momento do choque tínhamos visto pela vigia algo que era branco. Agora, só víamos a noite. Pouco depois, deixamos o café. (...) Todos diziam que não estava acontecendo nada.*

Do relato do norte-americano Washington Dodge, 52, passageiro da Primeira Classe e ocupante da cabine A34, com a esposa Ruth, 34, e o filho Washington Jr., 4:

> *Notei que os motores pararam e, em seguida, ouvindo passos apressados no convés superior, exatamente sobre nossa cabine, achei melhor investigar. Parcialmente vestido, deixei a cabine e me encontrei com meia dúzia de homens, todos especulando a respeito do incidente. Enquanto conversávamos, passou por nós um tripulante, com pressa, e perguntei-lhe que tipo de problema tínhamos. Ele garantiu que não era sério, provavelmente uma avaria nas hélices.*

23h45min
A tripulação do Californian vê as luzes de um navio parado.

23h50min
O capitão ainda não sabe, mas nos primeiros dez minutos após o impacto, a água, na proa, avança quatro metros acima da linha d'água, e os primeiros quatro compartimentos de colisão são

invadidos. O quarto é a sexta sala de caldeiras. Seu piso, em circunstâncias normais, encontra-se 1,50m acima da superfície oceânica, mas agora a água já alcança 2,50m em suas paredes internas. Apenas três tripulantes conseguem escapar.

Após vestir-se, Gracie sobe ao convés dos barcos. Pula a grade que divide a Primeira da Segunda Classe e perambula por toda a área. Vê apenas um casal de meia-idade a passear de braços dados e nenhum oficial, o que o leva a concluir que, se houve algum contratempo, foi de somenos.

Boxhall retorna à ponte.

– Estive lá embaixo, nas cabines da Terceira Classe – relata ao capitão. – Não observei sinais de dano, exceto uma vidraça de bombordo quebrada.

O informe não convence.

– Você viu o carpinteiro em algum lugar?

– Não, senhor.

– Volte lá e o procure. Diga-lhe que inspecione o navio, a começar pela proa, e venha imediatamente me dizer o que viu.

Boxhall desce e encontra o carpinteiro ofegante:

– Senhor Boxhall, a antepara do pique de vante cedeu.

– Então o navio está fazendo água. Corra e diga ao capitão.

Em seguida, topa com um agente postal.

– Senhor, senhor! A sala do correio está com água!

– Vá lá em cima avisar o capitão, enquanto verifico.

Sim, vai constatar o Quarto Oficial, vendo sacos de correspondência a flutuar: a sala do correio, no convés G, que deveria estar seis metros acima da superfície oceânica, já foi alcançada, e isto significa que a água ultrapassou a terceira antepara, invadindo a sexta sala de caldeiras.

É feita a chamada para que os marujos de convés se posicionem ao lado dos botes salva-vidas que lhes correspondem.

Em situações de emergência, cada um deles tem sua posição predeterminada.

Do relato do dr. Dodge:

> Para investigar melhor, fui ao convés A, onde um grupo de homens conversava animadamente. Um deles comentou que o impacto fora no gelo. Quando um dos outros lhe questionou a autoridade no assunto, ele replicou:
> – Vá ao tombadilho da popa e veja por si mesmo.
> Tomei eu a iniciativa de ir até o fim do convés A e, olhando para baixo, vi um sem-número de fragmentos de gelo perto da amurada de estibordo, o bastante para encher várias carroças.
> Enquanto eu estava ali, aconteceu algo que me fez ter consciência de que o problema era sério. Dois fornalheiros apareceram no convés e um deles me perguntou:
> – O senhor acha que há perigo?
> – Perigo há se o navio fizer água – respondi –, e sobre isto vocês devem saber mais do que eu.
> O homem tornou, alarmado:
> – A água estava na sala da caldeira quando escapamos.
> Neste momento, vi no tombadilho da popa que alguns passageiros da Terceira Classe se divertiam caminhando sobre o gelo e chutando-o. O iceberg eu não vi.

23h55min
Bride desperta e vai assumir seu posto. Na Sala Marconi, ouve de Phillips que o navio sofreu algum dano e talvez precise retornar a Belfast.

O relato do carpinteiro também não satisfaz o capitão, que deseja informações precisas. Ele pede a Andrews que faça uma avaliação.

Ismay, com um abrigo sobre o pijama, chega à ponte.
– Batemos no gelo – diz o capitão.
– Você acha que o navio corre perigo?
– Receio que sim.

Apressadamente, Ismay se retira. O jogador de hóquei canadense Quigg Baxter, 24, acabou de deixar a cabine B60 da Primeira Classe e também procura o capitão, que lhe diz:
– Um acidente, Baxter, mas tudo está bem.

Afastando-se, Baxter encontra-se com Ismay, que o aconselha a levar a mãe e a irmã para os botes. No convés A, Gracie também cruza por Ismay, que se faz acompanhar de um tripulante e parece preocupado. O coronel dirige-se à grande escadaria da proa, onde alguns passageiros conversam, e só então toma conhecimento de que o navio colidiu com um iceberg. Alguém comenta que a água chegou à sala do correio e os agentes postais estão tentando salvar duzentos pacotes de correspondência registrada. Gracie retorna à cabine e enche três malas com seus pertences, confiando em futuro transbordo para outra embarcação.

Astor conversa com o capitão e este lhe diz em voz baixa que trate de vestir o colete salva-vidas.

15 de abril
Segunda-feira

0h

Ismay conversa com o engenheiro Bell. Os problemas são sérios, diz o técnico, mas as bombas de esgoto vão manter a flutuação. Boxhall desce outra vez. Na sala do correio, já com meio metro de água, os agentes ainda tentam salvar a correspondência. São cinco funcionários, e um deles, Oscar Woody, comemora hoje seu 44º aniversário.

0h05min

Consternação na ponte de comando: Andrews retorna com informações desoladoras. Os quatro primeiros compartimentos de colisão estão inundados, forçando a proa para baixo. Em breve a água ultrapassará a quarta antepara, passando ao quinto compartimento, e assim sucessivamente. O navio não foi construído para enfrentar danos de tal magnitude e o naufrágio ocorrerá em uma hora e meia, talvez duas.[27]

Num dos alojamentos dos tripulantes, o carpinteiro avisa:

– Se eu fosse vocês, saía daqui. O navio está fazendo água e ela já chegou à quadra de squash.

Em seguida vem o contramestre Albert Haines, gritando:

– Caiam fora, vocês têm menos de uma hora para escapar. Quem diz não sou eu, é o sr. Andrews. E bico calado, não deixem ninguém saber.

O capitão manda que os botes sejam descobertos e os passageiros convocados às áreas superiores externas, todos com coletes salva-vidas. A instrução dos camareiros é dizer que se trata de mera precaução. A maioria dos passageiros dorme e os camareiros precisam bater em todas as cabines para despertá-los e auxiliá-los a vestir os coletes, ao mesmo tempo em que vão fechando as portas à prova d'água dos respectivos conveses. No E, não o conseguem: trouxeram a ferramenta errada. Muitas pessoas interpretam a ordem como parte de um exercício de salvamento e preferem permanecer nas áreas internas ao invés de expor-se ao frio.[28]

---

27. Os compartimentos de colisão têm altura menor do que deveriam, para evitar a redução dos espaços destinados à Primeira Classe. Na construção do navio, o estaleiro cedeu à pressão da WSL no sentido de privilegiar o luxo em detrimento da excelência técnica.

28. A desinformação explica, em parte, o tempo decorrido entre a colisão e o arriamento do primeiro bote, mais de uma hora.

No convés C, cabines da Primeira Classe, o tenista norte-americano Richard Williams, 21, e seu pai, o advogado Charles Williams, 51, notam que um camareiro não consegue abrir a porta da cabine ao lado, cujos ocupantes estão muito nervosos. Richard derruba a porta a pontapés e o camareiro avisa que vai responsabilizá-lo pelo prejuízo causado à WSL.

Do relato da menina Ruth Becker, 12, ocupante da cabine F4 da Segunda Classe com a mãe, Nellie, 35, e os irmãos Marion, 4, e Richard, 1:

> *Tivemos de subir cinco escadarias para chegar a um lugar cheio de mulheres. Estavam chorando, algumas quase despidas. Todo mundo estava assustado e ninguém sabia o que tinha acontecido.*

0h10min
No Californian, o Terceiro Oficial Charles Groves, 24, tenta contatar pela lâmpada Morse com o navio imóvel e iluminado. Não obtem resposta. O Capitão Lord pede ao Segundo Oficial Herbert Stone, 24, que observe. Ele ainda acha que não é o Titanic, mas um cargueiro.

Charles e Richard Williams tentam entrar no bar, no convés D, em busca de uma bebida que os aqueça. Um tripulante os intercepta, a freqüência naquele horário é contra o regulamento. Charles entrega ao filho o frasco de bebida que traz consigo.

Gracie retorna ao convés dos barcos e vê que as pessoas já vestem os coletes. Encontra quatro mulheres sozinhas e ansiosas, as três irmãs Caroline Brown, Malvina Cornell e Charlotte Appleton, amigas de sua esposa, e também Edith Evans, 36, que as acompanha. Garante que vai protegê-las. Mostra as luzes do navio desconhecido que, segundo calcula, está a menos de dez quilômetros. Em seguida, topa com o instrutor de squash, Frederick Wright, e comenta, bem-humorado:

– Acho que a aula de amanhã será suspensa.

A agitação a bordo surpreende o Quinto Oficial Lowe, que esteve a dormir profundamente e não percebeu o choque. Um camareiro bate à porta das colegas Violet Jessop e Elizabeth Leather:

– Estou chamando toda a tripulação. Vocês não sabem que o navio está afundando?

A maioria das caldeiras foi fechada e nuvens de vapor manam das válvulas de segurança no corpo das chaminés, exaurindo a pressão resultante da parada dos motores. O barulho é tamanho que dificulta a comunicação entre as pessoas no convés dos barcos.

Do romance de Clive Cussler, *Raise the Titanic*:[29]

> *(...) como se cem locomotivas de Denver e do rio Grande, ribombando ao mesmo tempo dentro de um túnel, irrompessem dos oito condutos de exaustão.*

As caldeiras distantes da proa continuam em funcionamento, sob o comando do engenheiro Bell, para que acionem as bombas de esgoto e alimentem os geradores, assegurando energia para a iluminação e o serviço telegráfico.

No castelo da proa, Pitman encontra fornalheiros e carvoeiros com suas bagagens e outros objetos pessoais. Folgavam no alojamento quando foram avisados. O terceiro oficial, aos gritos, não consente que avancem para os botes.

Do poema de Hans Magnus Enzensberger:

> *(...) estamos todos no mesmo barco,*
> *mas: quem é pobre afunda primeiro.*

---

29. No Brasil, *Resgatem o Titanic*. v. Consultas, ao final.

0h15min

O mecânico Ernest Gill, 26, que espairece na coberta do Californian, observa as luzes do navio parado. Ele julga que é um vapor alemão de passageiros, em viagem para Nova York.

Os passageiros das duas primeiras classes estão próximos dos botes, os da Terceira, distantes, e têm de subir várias escadas. Muitos desses emigrantes, sobretudo os irlandeses, já subiram, mas a maioria permanece nas cabines, embora insistam os camareiros para que vistam os coletes e demandem ao convés superior. São os finlandeses, suecos, belgas, polacos, que não falam inglês. Não há intérpretes, eles não entendem a razão de tamanho açodamento e relutam em abandonar seus pertences.

Na Sala Marconi, perplexos, os telegrafistas acabam de ouvir o capitão ordenar pedido de socorro a todos os navios. Os dedos nervosos de Phillips acionam o manipulador:

Titanic diz CQD. Iceberg. Requer imediato socorro em 41°44'N – 50°24'O.

O primeiro a responder é o alemão Frankfurt, do Norddeutscher Lloyd: está na escuta e logo chamará de volta. O La Provence, da Compagnie Generale Transatlantique, e o Mount Temple, da Canadian Pacific, comandado pelo Capitão James Moore, copiam a mensagem, também ouvida na estação Marconi de Cape Race.

A bordo, os passageiros circulam como sonâmbulos, e tal atmosfera de irrealidade se adensa quando, por ordem do capitão, o conjunto de Wallace Hartley começa a tocar peças do *ragtime* na sala de estar da Primeira Classe, entre elas *Alexander's ragtime band* e *Great big beautiful doll*. Mais tarde, vai transferir-se para o convés dos barcos, tocando junto à porta de bombordo da grande escadaria da proa.

Do relato de Carla Andersen-Jensen:

(...) ouvi batidas na porta. Era meu tio, que disse:
— É melhor você vestir um abrigo e subir para o convés.
Vesti um casacão sobre a camisola e subi. No convés, a agitação não era muito grande. Colidíramos com um iceberg, mas ninguém acreditava que o navio fosse afundar. Ele estava todo iluminado e havia música num salão da Primeira Classe.

O camareiro aparece novamente à porta de Violet:
— Meu Deus, você não percebe que o navio bateu num iceberg e vai ao fundo? Você tem de subir o mais depressa possível.

Quase todos os passageiros da Primeira e da Segunda já se encontram no convés dos barcos, que ao contrário dos demais conveses tem poucas lâmpadas. Aturdidos pelos silvos do vapor nas válvulas de segurança, aglomerados em gélidas áreas onde a visibilidade não excede dez metros, aguardam instruções dos oficiais. Alguns entram no ginásio, resguardando-se do frio. Outros retornam aos degraus das escadarias da popa e da proa. Mais do que angústia, os rostos traduzem pasma incredulidade. Raros são aqueles que, diante do perigo, fazem do medo o combustível para a ação, como este homem que se aproxima de Moody, trazendo quatro mulheres. É o Coronel Gracie, que deixa suas protegidas aos cuidados do sexto oficial.

0h17min
Nova mensagem do Titanic a todos os navios:
Titanic diz CQD em 41°44' N – 50°24'O. Requer imediato socorro. Venham logo. Colidimos com iceberg. Naufragando.

0h18min
O código de emergência é ouvido pelo Ypiranga, da Hamburg-Amerika Linie. O Frankfurt comunica que se encontra a 283km.

0h20min

Andrews, como o Coronel Gracie, é um altruísta – não é em vão que, dos oficiais aos carvoeiros, todos os tripulantes o estimam –, e sendo o construtor do navio, mais aguda se torna sua angústia. Agora, no convés B, ele pergunta ao camareiro Henry Etches, 40, se chamou todos os passageiros de sua seção.

– Ainda não, estou indo ver se a família Carter já se aprontou.

Um homem que está passando informa:

– Eles já se foram.

Andrews pede que Etches o acompanhe ao convés C e confira cabine por cabine, avisando que os coletes salva-vidas se encontram na prateleira superior do roupeiro. Etches desce e no caminho vê o comissário McElroy em sua sala, cercado de homens e mulheres. São passageiros da Primeira Classe em busca de jóias e valores em depósito.

Boxhall retorna à sala de navegação e pergunta ao capitão:

– Devo enviar sinal de socorro?

– Já enviei.

– Qual a posição que o senhor indicou?

– A das 20h DR.[30]

– Acho que estamos umas vinte milhas à frente. Se o senhor permite, vou recalcular, considerando a hora do impacto.

0h25min

No Carpathia, da Cunard, navegando de Nova York para Gibraltar e comandado pelo Capitão Arthur Rostron, 42, o telegrafista Harold Cottam, 21, ainda ignora o que aconteceu com o Titanic, e antes de desligar o aparelho e ir dormir, resolve alertá-lo que copiou mensagens de Cape Race:

---

30. *Dead Reckoning*: estimativa que tem por base a última posição calculada (no caso, às 20h), levando em conta o curso do navio, velocidade, tempo e distância.

Há diversas mensagens de Cape Race para você.

Nos minutos seguintes outros navios chamarão, mas, à exceção do Mount Temple, a 90km, estão distantes: o Birma, da Russian East Asiatic, 130km, o Virginian, da Allan Line, 315km, e o Baltic, da WSL, 450km.

O Titanic apresenta forte inclinação para a frente e para bombordo, mas os passageiros, simplesmente, negam o que seus olhos vêem. Se nem Deus consegue afundar este navio, por que um magote de gelo sujo o conseguiria? Para evitar o pânico, os tripulantes mentem que há vários navios nas imediações – um deles lá está, com suas luzes! – e pulula no convés a falsa informação de que o Titanic pode flutuar por mais dez horas. Eles acreditam. E ainda há quem tem mais fé na "moderna construção naval", como Astor, que olha para os botes e comenta:

– Estamos salvos aqui e não nesses barquinhos.

Recolhe-se ao ginásio, com Madeleine. Achando um colete, corta o tecido com um canivete para mostrar à esposa a cortiça de seu interior.

Do poema de Hans Magnus Enzensberger:

> *John Jacob Astor, ao contrário, rasga com a lixa*
> *de unha um colete salva-vidas e mostra à sua mulher,*
> *née Connaught, o que tem dentro*
> *(provavelmente cortiça), enquanto no porão de vante*
> *a água jorra aos borbotões, gorgoleja*
> *gélida sob as malas postais, infiltra-se*
> *nas cozinhas de bordo.*

O Capitão Smith e o imediato Wilde deixam a ponte de comando e vem a ordem, finalmente: todos, sem precipitação, preparem-se para abandonar o navio. Primeiramente, mulheres e crianças. O embarque de estibordo começa a ser coordenado por Murdoch, o de bombordo, por Lightoller.

0h26min

Boxhall, na Sala Marconi, deixa sobre a mesa de Phillips um papel com a nova posição calculada.

– Esta é a posição certa, compreende?

O operador confirma.

Do Titanic a todos os navios:

Titanic diz CQD. Posição correta 41°46'N – 50°14'O. Requer imediato socorro. Colidimos com iceberg. Naufragando. Dificuldade de ouvir por causa dos ruídos do navio.

Seguem-se outras chamadas do mesmo teor. A nova posição dista 18km a leste da anterior. E também está errada. O Titanic se encontra em 41°43'N – 49°56'O, isto, a 24,5km do cálculo de Boxhall.

0h30min

No convés C, os comissários McElroy e Barker ainda atendem ansiosos passageiros que exigem a devolução do que guardaram. Também no C, o camareiro Andrew Cunningham, 38, encontra três passageiros da Primeira Classe que ainda não subiram. Um deles é William Stead, na cabine C89, que lhe pede auxílio para vestir o colete. Em que pensa, agora, o ilustre jornalista? Na novela que escreveu há 26 anos na *Pall Mall Gazette*? Na ironia dos fados? Ele previu o desastre: um grande naufrágio ocorreria sem que os passageiros dispusessem de botes suficientes. E agora está ali, em pessoa, obrigado a comprovar com a própria vida, ou com a própria morte, o acerto de sua previsão.

Do Titanic para o Mount Temple:

Não posso ouvi-lo. Venha logo. Colidimos com iceberg. Minha posição 41°46'N – 50°14'O.

Mais uma vez, o Californian tenta em vão contatar pela lâmpada Morse com o navio parado. No Mount Temple, de Antuérpia para Nova York, o Capitão Moore ordena que o navio, em sua velocidade máxima de 11,5 nós = 21,3km/h, siga na direção do Titanic. E diz ao seu engenheiro :

– Vá lá embaixo e sacuda os fornalheiros. Se for preciso, dê um copito de rum para cada um.

As ondas hertzianas no Atlântico Norte estão congestionadas. Do Mount Temple para o Titanic:

Nosso capitão deu meia-volta. Estamos a 90km.

Do Titanic para o Carpathia:

Venha logo. Colidimos com iceberg. É um CQD, meu velho. Minha posição 41°46'N – 50°14'O.

Do Titanic para o Frankfurt. Indica a posição e acrescenta:

Diga ao seu capitão que venha nos socorrer.

Do Birma para o Mount Temple:

Titanic em contato com Carpathia e indicando posição 41°46'N – 50°14'O.

Do Carpathia para o Titanic:

Capitão ordenou meia-volta em sua direção.

Quase ao mesmo tempo, numerosas mensagens informativas são trocadas por outros navios: Caronia, da Cunard, Prinz Friedrich Wilhelm, do Norddeutscher Lloyd, e Celtic, da WSL.

0h34min

Phillips faz contato com o Olympic, comandado pelo Capitão Haddock, a 926km de distância. Haddock desvia o curso, mas para chegar à zona do naufrágio precisa navegar 23 horas.

O Carpathia está a 91km de distância. Sua velocidade de cruzeiro é de 14,5 nós = 26,8km/h. O Capitão Rostron manda imprimir pressão total às caldeiras. A calefação é desligada, para que todo o vapor produzido se destine aos motores, e o velho navio agora avança à velocidade jamais experimentada de 17,5 nós = 32,4km/h. Contudo, não espera alcançar o Titanic antes das quatro horas da manhã. Os passageiros, despertados pelo frio e pela incomum vibração dos motores, acodem ao convés e, vendo todas as luzes externas do navio acesas, suspeitam de alguma anormalidade. O capitão os tranqüiliza: o navio corre para ajudar o Titanic.

0h40min

Murdoch e Lightoller organizam o embarque na penumbra, sob a supervisão de Wilde. Não é permitido que os homens se aproximem.

– Nenhum homem além desta linha – grita Moody.

A ordem do capitão não foi muito explícita ou é mal-interpretada. Lightoller a seguirá ao pé da letra: mulheres e crianças, sim, homens não, embora a lotação dos botes não se complete. Murdoch permitirá o acesso de casais e homens solteiros, em detrimento de mulheres e crianças ainda a caminho desde os conveses inferiores, e como Lightoller, lançará os primeiros botes sem completar a lotação. De certo modo, a vida de um homem dependerá do lado que escolher para intentar a salvação.

Os emigrantes compreendem, finalmente, que precisam abandonar as cabines e os pertences: a água avança. Quando começam a subir, encontram as portas dos conveses superiores fechadas e vigiadas por tripulantes que só permitem a passagem das raras mulheres e crianças que se apresentam. Aos homens, é assegurado que está vindo uma embarcação para socorrê-los.

Do poema de Hans Magnus Enzensberger:

A terceira classe
não entende inglês nem alemão, mas uma coisa
ninguém lhe precisa explicar:

que a primeira classe vem primeiro,
que nunca há leite suficiente e nunca sapatos suficientes
e nunca botes salva-vidas suficientes para todos.

0h43min

Do relato do dr. Dodge:

Quando chegamos ao convés dos barcos, o primeiro bote de estibordo já estava pendurado nos turcos e ocupado por algumas pessoas[31]. O oficial chamava mulheres e crianças para completá-lo, mas parecia difícil achar alguma que quisesse fazê-lo. Eu mesmo hesitava em embarcar minha mulher e meu filho, sem saber o que era melhor: que permanecessem no navio ou se arriscassem num bote que precisava descer quase 30m até a água. Enquanto os vestia com os coletes, ouvi a ordem do oficial:
– Lançar!

---

31. Na verdade, o Standard 7 e não o Cúter 1.

II

0h45min

Murdoch, auxiliado por McElroy, Ismay e Pitman, arria de estibordo o **Standard 7** com apenas 28 pessoas (16 homens e 12 mulheres – três tripulantes[32] e 25 passageiros da Primeira Classe), sob o comando do vigia Hogg. Entre os passageiros, o escultor belga Paul Chevré, 45, o aviador francês Pierre Maréchal, 28, a atriz Dorothy Gibson[33], o corretor William Sloper, 28, amigo da atriz, e dois casais em lua-de-mel.

Do testemunho juramentado de Alfred Omont:

> *O imediato perguntou se eu queria embarcar* [no Standard 7]. *Alguns passageiros gritaram:*
> *– Não, não faça isso!*
> *Eles confiavam no navio. Mas o mar estava calmo e, refletindo, achei melhor pegar o bote e ver o que aconteceria. Tive de dar um salto para alcançá-lo (...). Enquanto ele descia de uma altura de 100 pés*[34], *quase virou, por causa de um cabo mais curto do que os outros. Enfim, chegamos à água. Não conseguimos desprender o bote e então cortamos os cabos (...). Não tínhamos luz, bússola, mapa, só um pequeno barril de água e uma caixinha de biscoitos, que não vi mas alguém mencionou.*

Mensagem do Titanic para o Carpathia, na qual Phillips, por sugestão de Bride, emprega pela primeira vez o novo código SOS:

---

32. Entre os tripulantes, o vigia Jewell e o marujo William Weller, 30, que morrerão em novos naufrágios, em 1917 e 1926.

33. Seu salvamento decreta uma tragédia: em 1913, dirigindo o automóvel de seu namorado, atropelará e matará um homem.

34. Na verdade, 70 pés ou 21,30m.

Titanic diz SOS. Naufragando pela proa. Perto de afundar. As luzes do navio desconhecido ainda promovem esperanças, e os timoneiros Rowe e Bright, orientados por Boxhall, iniciam o lançamento dos foguetes de sinalização, oito ao todo, com intervalos de aproximadamente cinco minutos. Os foguetes sobem a mais de 24m e explodem em 12 estrelas brancas. Rowe também tenta dialogar pela lâmpada Morse: "Venha logo. Estamos naufragando". Segundo Boxhall, o navio se encontra a menos de dez quilômetros, mas não responde. Em dado momento, parece aproximar-se, mas logo começa a distanciar-se. Será o Californian? Ou será a embarcação que, do Californian, o Capitão Lord também avistou? Nunca se saberá. O cargueiro se encontra em 42°05'N – 50°07'O, ou seja, 34,5km a noroeste da segunda e também inexata posição que Phillips transmitiu e a 38,2km da real posição do impacto. Entre os dois navios há um campo de gelo que se estende para o sul. Futuramente, suspeitar-se-á de que a embarcação mais próxima do *Titanic* é o pesqueiro norueguês Samson, em atividade ilegal de caça às focas, que receando abordagem e inspeção, trata de fugir.[35]

No Californian, tripulantes observam foguetes, e o aprendiz de oficial James Gibson, 20, informa o Capitão Lord. Vistos à distância, não se elevam a grande altura e não produzem nenhum som. O capitão conclui que são fogos festivos. Outro tripulante os confunde com estrelas cadentes. E dirá o capitão, num dos inquéritos:

– Não distinguíamos onde terminava o céu e começava a água.

Seu telegrafista, Evans, dorme ainda, e a ninguém ocorre despertá-lo.

O mar avança pela coberta inferior do *Titanic*. Cede a quarta antepara, que divide a sexta da quinta sala de caldeiras, fragilizada

---

[35]. Em 1962, em depoimento juramentado, seu imediato dirá que viu os foguetes do Titanic.

pelo incêndio da carvoeira[36]. Uma onda de espuma verde se apodera do compartimento. O assistente de segundo engenheiro Jonathan Shepard, 32, tenta escapar, mas sua perna arraiga-se num bueiro. O segundo engenheiro Herbert Harvey, 34, e o fornalheiro-chefe Frederick Barrett, 28, correm para ajudá-lo, mas a sala é inundada. Barrett logra alcançar a escada e, horrorizado, vê os dois colegas tragados pela água.

O embarque no Standard 4, de bombordo, começa a ser organizado por Lightoller. Ao invés de ser carregado no convés superior, o bote é arriado até as janelas do convés A. Como podem estar tão despreparados os oficiais para situações de perigo? Então Lightoller não sabe que essas janelas são providas de telas e é preciso encontrar as ferramentas para desmontá-las? Inexplicavelmente, o bote só será lançado bem mais tarde. Esperam por ele mulheres da Primeira Classe, com suas criadas.

0h50min

Em seu alojamento, o Capitão Lord comunica-se pelo tubo com o Segundo Oficial Stone, na sala de navegação. Quer saber se o navio iluminado está mais perto. O outro informa que não e acrescenta:

– Está lançando foguetes, mas não responde à lâmpada e agora já se afasta de nós.

O capitão vai dormir.

Repetidas mensagens do Titanic a todos os navios:
Titanic diz CQD e pede socorro em 41°46'N – 50°14'O.
Cape Race telegrafa à Associated Press:
Titanic diz CQD, reportando colisão com iceberg e pedindo imediato socorro. Meia hora depois reportou estar naufragando pela proa.

---

[36]. Sem o rompimento da antepara, talvez o navio pudesse flutuar por mais algumas horas.

0h52min

O mecânico Gill, no Californian, viu os primeiros foguetes e desconfia de que o navio tem problemas. Como é apenas um trabalhador da casa de máquinas, não lhe corresponde fazer observações marítimas e menos ainda comunicá-las ao capitão, guarda para si a suspeita.

0h53min

Do Caronia para o Baltic:
CQD Titanic em 41°46'N – 50°14'O. Pede imediato socorro.

Gracie traz cobertores para distribuir nos botes. O coronel tem boas relações a bordo, é amigo de Pitman, que ele conheceu na ida para a Europa, a bordo do Oceanic. Aprestam-se os tripulantes para carregar o Standard 6. O Capitão Smith se aproxima e grita:

– Quero todos os passageiros no convés A, é lá que vão embarcar.

O empresário Hugh Woolner o adverte:

– O senhor esqueceu que as janelas estão fechadas?

– Meu Deus, é verdade. Façam com que os passageiros retornem!

O jogador de hóquei Quigg Baxter leva a mãe, a irmã e a noiva, a cantora belga Bertha Mayné, 24, para o Standard 6, e entrega à mãe um frasco de prata com brandy.

– Você está bem, mamãe? Até a vista, tenha esperança.

Bertha recusa-se a partir sem o noivo, mas é convencida a fazê-lo pelas mulheres que já embarcaram[37]. Uma outra mulher da Primeira Classe também não quer entrar no bote, é a norte-americana Mary Eloise, 18, filha do congressista James Hughes, recém-casada com Lucien Smith e grávida.

---

37. Baxter não vai sobreviver. De volta à Bélgica, Bertha jamais se casará. Sua família só vai acreditar que ela esteve a bordo do Titanic depois de sua morte e da correspondente repercussão.

– Você deve partir – insiste Lucien –, não tenha medo. Vou ficar bem e nos encontraremos em Nova York.

Jamais se encontrarão.[38]

Lowe e Pitman tratam do embarque no Standard 5. A operação é demorada, os tripulantes não têm familiaridade com os turcos e Ismay atrapalha com ordens absurdas. Lowe perde a paciência e o interpela:

– Quer que eu lance o barco mais depressa? Quer que afogue a todos? Se parar de me infernizar posso fazer o que precisa ser feito.

O dono do navio não retruca e se afasta. Murdoch ordena que Pitman assuma o comando do Standard 5.

0h55min

Lightoller arria de bombordo o **Standard 6**, com 27 pessoas (três homens e 24 mulheres – dois tripulantes, 24 passageiros da Primeira Classe e um da Terceira), sob o comando do timoneiro Hichens. Entre os passageiros da Primeira, Margaret Brown, Julia Cavendish, a escritora Helen Candee e a ativista de direitos da mulher Elsie Bowerman, 22[39]. A mulher do empresário Martin Rothschild, Elizabeth, 54, carrega, oculto, seu pequeno cão. O outro tripulante é o vigia Fleet[40]. O passageiro da Terceira é o libanês Fahim Leeni, 22, que está escondido sob o assento. O bote desce e, sete metros abaixo, na altura do convés C, Hichens grita, reclamando que precisa de um navegador. O Major Peuchen adianta-se e revela a Lightoller sua condição de iatista. O oficial, aferrado ao propósito de embarcar apenas mulheres, crianças e remadores, res-

---

38. Pouco depois, Mary Eloise se casará com outro sobrevivente, o banqueiro norte-americano Robert Daniel, que conhecerá a bordo do Carpathia.
39. Em 1917, em São Petersburgo, ela acompanhará a revolução russa, escrevendo um diário a respeito.
40. Vai suicidar-se em 1965, por enforcamento.

munga que se Peuchen é de fato um homem do mar, deve agarrar um cabo e descer por ele. Os 52 anos do major não se intimidam. Ele se pendura e desliza até o bote. É o seu 28º ocupante.

Murdoch e Lowe arriam de estibordo o **Standard 5** com 39 pessoas (15 homens, 23 mulheres e uma criança – três tripulantes e 36 passageiros da Primeira Classe), sob o comando de Pitman. A bordo, a esposa e o filho do dr. Dodge, um casal em lua-de-mel e o tenista norte-americano Karl Behr, 26. Conquanto em declarações posteriores alguns sobreviventes venham a garantir que todos os procedimentos se desenvolvem em perfeita ordem, quase duas horas antes do afundamento já se manifestam sinais de pânico. Antes de tocar na água, o bote recebe o 40º e o 41º passageiros: são os irmãos norte-americanos Isaac Frauenthal, advogado, 43, e Henry Frauenthal, médico, 49, da Primeira, que passam correndo pelos oficiais e saltam. O médico, com 113kg, cai sobre Annie May Stengel, 44, que tem duas costelas quebradas e perde os sentidos. Segundo a camareira Violet, que está no convés, ouve-se um murmúrio de estupefação e censura.[41]

Nos botes, quando em desuso, um orifício no fundo permanece aberto, para evitar o acúmulo de água: é o bueiro. Arriado o Standard 5, o timoneiro Olliver precisa empurrar as nervosas mulheres para abrir caminho e roscar o bujão, sem o quê o bote afundaria.

Orientado por Murdoch, o marujo George Moore, 32, encaminha as mulheres ao Standard 3. Sobra espaço e os homens começam a embarcar, inclusive seis fornalheiros. Mais tarde, será altamente considerado o gesto do diretor da Vacuum Oil Company, norte-americano Howard Case, 49, residente em Londres, que estando ao lado do bote, nega-se a tomá-lo, para dar lugar a

---

41. O dr. Henry Frauenthal, 15 anos depois, repetirá o gesto, mas com intenção oposta: vai saltar para a morte do sétimo andar de um hospital.

mulheres e crianças que porventura ainda apareçam. Gesto semelhante vai enobrecer a memória do também norte-americano Clarence Moore, 47, corretor da bolsa de valores, que não aceitará diversos convites para salvar-se: primeiro, mulheres e crianças.

1h

Lightoller manda o marujo Samuel Hemming, 43, trazer as lanternas de emergência, ainda guardadas. Tardia providência, três botes já foram lançados sem luz e outros ainda o serão, antes que as lanternas apareçam. Na proa, a água cobre a inscrição com o nome do navio. Phillips envia nova mensagem ao Olympic, indicando a posição e frisando que o navio bateu no gelo. A banda continua tocando.

Murdoch e Lowe arriam de estibordo o **Standard 3**, com 48 pessoas (23 homens, 24 mulheres e uma criança – dez tripulantes e 38 passageiros da Primeira Classe), sob o comando do marujo Moore. Entre os passageiros, a abastada norte-americana Charlotte Cardeza, 58, o empresário Henry Harper e um casal em lua-de-mel[42]. A criança é Robert Spedden, 6, da Primeira[43]. Uma hora depois, o bote será alcançado a nado pelo 49º passageiro, o banqueiro Robert Daniel, 27.

1h02min

Troca de mensagens. Do Titanic para o Asian, indicando a posição e pedindo assistência. O capitão do Asian solicita confirmação. O Virginian chama o Titanic, que não responde. Cape Race chama o Virginian, informando sobre o acidente e a urgência do socorro.

---

42. A moça, Vera Dick, 17, causou algum rumor a bordo, nos curtos dias da viagem: namorou o camareiro.

43. Morrerá em 1915, atropelado por um automóvel, num dos primeiros acidentes de trânsito do estado norte-americano do Maine.

Sir Cosmo Duff Gordon encosta em Murdoch e, referindo-se ao Cúter 1, pergunta se pode tomá-lo com sua esposa. O oficial autoriza. Após o transbordo do casal, o empresário norte-americano Charles Stengel, 54, em movimentos desajeitados, monta na amurada e rola para o Cúter 1.

– Esta é a coisa mais engraçada que vi esta noite – diz Murdoch.

> Na área dos botes maiores, os *standard* do 3 ao 16, seis na seção da proa e oito na da popa, não há amurada, os turcos os deslocam para o espaço vazio, no costado, e quem embarca, passa diretamente do piso do convés para o barco. O Cúter 1 é um barco de emergência e, como o Cúter 2 no outro lado, normalmente está pendurado sobre o espaço vazio, fora do convés, que nesse setor dispõe de pequena amurada de um metro de altura, emendada à asa da ponte de comando.

Wilde organiza embarque no Standard 8, auxiliado por Gracie. Isidor Strauss traz a esposa, Rosalie. No último instante, ela retrocede, não quer tomar o bote, e o coronel e outros não conseguem persuadi-la.

– Nós vivemos muitos anos juntos – diz Rosalie ao marido.
– Aonde você vai, eu vou.

E presenteia a empregada Ellen Bird, 31, com o xale e todas as jóias. Gracie insiste, argumentando que Isidor poderá acompanhá-la:

– Estou certo de que ninguém impedirá que um idoso cavalheiro como o senhor entre no bote. Estão sobrando alguns lugares.

Isidor recusa, não embarcará antes dos outros homens. O casal se afasta, sentando-se num par de cadeiras, à espera da grande onda que os varrerá do convés do Titanic e da vida.

A norte-americana Constance Willard, 21, da Primeira Classe, também desiste do transbordo, assustada. O oficial impacienta-se: se não quer ir, que fique. A moça acaba embarcando. Também embarca Marie Young, 36, professora de música de Ethel Roosevelt, filha do ex-presidente norte-americano Theodore Roosevelt.

No Standard 6, já no mar, o Major Peuchen tenta orientar a navegação. O neurótico Hichens, sentindo-se humilhado pelos conhecimentos de um marinheiro amador, reage:

– O comando é meu. O senhor vai fazer o que eu mandar.

1h10min

Arriado o **Cúter 1**, com apenas 12 pessoas onde cabem 40 (dez homens e duas mulheres – sete tripulantes e cinco passageiros da Primeira Classe). A operação é na área de Murdoch, mas quem a procede são tripulantes que, ato contínuo, pulam para o bote, provavelmente em decorrência de entendimento prévio com Sir Cosmo. O comando é do vigia Symons.[44]

Wilde arria de bombordo o **Standard 8** com 39 pessoas (quatro homens e 35 mulheres – quatro tripulantes e 35 passageiros da Primeira Classe), sob o comando do marujo Thomas Jones, 32. Entre os passageiros da Primeira, a Condessa de Rothes, mulher corajosa e resoluta que, durante toda a madrugada, manejará a cana do leme.

O privilégio do capital: os seis botes já no mar são ocupados por 163 passageiros da Primeira Classe. Das outras classes, nenhum, exceto o libanês que se escondeu no Standard 6.

O mar desborda a sexta antepara. A terceira sala das caldeiras, no meio do navio, está inundada. Alguns fornalheiros fugiram, um pequeno grupo ficou para trás e é alcançado pela água.

Wilde já se ocupa do Standard 10. Com o navio adernando para bombordo, o bote pendurado afasta-se mais de meio metro do convés. O oficial ajuda as mulheres a pularem e literalmente arremessa as crianças nos braços das mães. Uma mulher não iden-

---

44. Nos dias seguintes, a imprensa apelidará este barco de *Money Boat*.

tificada salta, mas não o bastante, e só não cai no mar porque o garçom William Burke consegue segurá-la pelos tornozelos. Um homem a resgata pela janela do convés A. Segundo um depoimento, ela retorna ao convés superior e pula novamente para o bote, agora com sucesso. Burke, no entanto, dirá que não tornou a vê-la. Uma outra mulher, a sueca Olga Lundin, 23, abraça-se ao noivo, Nils Johansson, suplicando que ele também possa embarcar. Os marujos que auxiliam Wilde a agarram por braços e pernas e a lançam no bote.

Do Titanic para o Olympic:
Capitão diz: tenha seus botes prontos. Afundando rapidamente pela proa. Qual é sua posição?

1h15min

Pronuncia-se a inclinação do navio para bombordo. Indignado, Andrews exige dos oficiais que os botes sejam arriados com lotação completa.

Murdoch manda que o Standard 9 seja carregado no convés A, cujas aberturas, nesta seção, não dispõem de telas. Quem assiste os passageiros é o contramestre Albert Haines. É preciso passar pela janela e, de acordo com o relato do garçom William Ward, 36, uma mulher idosa e desacompanhada se recusa. Instada a fazê-lo, põe-se a gritar e foge pela escadaria da popa. Uma francesa acidenta-se no embarque, ferindo-se. Poucas mulheres são trazidas para o convés A e diversos homens saltam para o bote.

Do Baltic para o Caronia:
Por favor, diga ao Titanic que estamos a caminho para ajudá-lo.

1h17min

Phillips renova o pedido de socorro a todos os navios.

1h20min

Phillips repete sem cessar a mensagem de CQD. O navio, agora, aderna para o outro lado, mas em minutos tornará a pender para bombordo: com a água a irromper por todos os caminhos dos conveses inferiores, o orgulho da WSL e da Inglaterra é um mero fantoche com que brinca o mar.

Já não duvidam os passageiros do iminente naufrágio, já sabem que não há botes suficientes nem para a metade das pessoas que estão a bordo e que, desgraçadamente, não há nenhuma embarcação próxima o bastante para socorrer aqueles que permanecerão no navio. Não há mais ilusões. No começo, a perplexidade. Depois, quando os primeiros botes foram lançados, o comportamento dos passageiros no convés dos barcos afigurava uma peça bem-ensaiada, como vai declarar Margaret Brown ao *New York Times*[45]: as pessoas conversavam em pequenos grupos, como à espera de algum espetáculo, e tamanha era a certeza de que tudo terminaria da melhor maneira que, na hora do embarque nos botes, os homens, elegantemente, poderiam dizer: "Primeiro a senhora".

Agora não.

Agora já não há gestos de nobreza, como o do empresário Howard Case no carregamento do Standard 3. Com escassas exceções, o capítulo do altruísmo está encerrado. Segundo testemunho de Mary Marvin, 18, da Primeira Classe, um passageiro abre caminho até o Standard 10 empunhando um revólver e ameaçando atirar em quem tentar bloqueá-lo.

Ao mesmo tempo, certas criaturas parecem tomadas de mansa esquizofrenia, habitantes de um mundo distante daquele que seus olhos vêem. Sopra um vento gelado no convés dos barcos. O garçom Frederick Ray, 33, vai ao seu alojamento apanhar um abrigo e descobre que a água já invadiu o convés E, nas seções próximas da proa. Ao voltar, encontra no convés C o norte-americano Martin Rothschild, 46, cuja esposa embarcou no Standard 6, com o cachorro. Ele acaba de deixar sua cabine.

---

[45]. Edição de 20 de abril de 1912.

– Isto parece muito sério – comenta o garçom.

– Não creio que seja o caso – responde o outro, pachorrento, sem ao menos desconfiar de que em exatas duas horas será bebido pelo mar, em gole tão profundo que seu corpo jamais será encontrado.

As portas do convés dos barcos que dão para as escadarias foram fechadas para evitar que a invasão dos passageiros da Terceira Classe venha a tumultuar o embarque. Tripulantes controlam a multidão, permitindo tão-só a passagem das mulheres e crianças que se apresentam. Os desvalidos devem esperar, mas os botes continuam partindo.

Wilde arria de bombordo o **Standard 10** com 54 pessoas (sete homens, 42 mulheres e cinco crianças – cinco tripulantes e, em maioria, passageiros da Segunda Classe), sob o comando do marujo Edward Buley, 27. A bordo, um casal em lua-de-mel e a mais jovem passageira do Titanic, Elizabeth "Millvina" Dean[46], com dois meses e 12 dias, na companhia da mãe e do irmão. Há outros bebês no bote: os meninos André Mallet, canadense, e Bertram Dean, britânico, ambos com um ano, e a menina britânica Barbara West[47], de dez meses. Na altura do convés A, o 55º passageiro: pula o armênio Neshan Krekorian, 25, da Terceira. Nas horas seguintes, aparecerão dois chineses que enganaram o oficial usando roupas e chapéus femininos.

Murdoch arria de estibordo o **Standard 9**, com 56 pessoas (16 homens[48], 38 mulheres e duas crianças – oito tripulantes e, em maioria, passageiros da Segunda Classe), sob o comando do con-

---

46. Em agosto de 2006 ainda vivia em Southampton.
47. Em agosto de 2006 ainda vivia em Truro, na Inglaterra.
48. Três ocupantes deste bote morrerão tragicamente nos Estados Unidos: o empresário norte-americano Charles Romaine, 45 (Primeira Classe), atropelado por um táxi em 1922, o finlandês Juha Niskänen, 39 (Terceira Classe), suicidando-se em 1927, e o apostador profissional norte-americano George Brereton, 37 (Primeira Classe), suicidando-se em 1942.

tramestre Haines. Entre os da Primeira, Ninette Aubart, a amante de Benjamin Guggenheim.

Um jovem tenta auxiliar na rotação dos turcos do Standard 12, Lightoller o dispensa e nota que está embriagado.

– Você andou bebendo?
– Sim, hoje é o dia do meu aniversário.

Ele se chama Hans Jensen, 20, da Terceira, e procura a prima e noiva, a dinamarquesa Carla Andersen-Jensen. Lightoller responde que não conhece os passageiros dessa classe.

É a vez do embarque no Standard 14, a bombordo. Alguns homens da Terceira Classe tentam tomar o bote. São impedidos pelo marujo Joseph Scarrot, 33, que se vale da cana do leme como um cassetete. Revólveres são trazidos para os oficiais, exceto Lowe, que já porta sua pistola.

No convés A de estibordo, Murdoch prepara o Standard 11. Nas proximidades, encontra-se a emigrante polonesa Leah Aks, 18, com o filho de dez meses, Frank Philip. De onde menos se espera, o desprendimento: Madeleine Astor passa por ali e, vendo a criança, despe seu xale e a envolve. Não é tão obtusa e indiferente como a lembrará, em suas memórias, a bela e ressentida Violet Jessop. Leah mantém-se à parte, desorientada, até que alguém arrebata a criança de seus braços e a lança para dentro do Standard 11, onde é recolhida pela britânica Elizabeth Nye, 29[49], da Segunda Classe, e enrolada num cobertor. Leah grita em desespero e é levada para o Standard 13 por outra britânica, Selena Cook, 22, também da Segunda.

O barbeiro dinamarquês Claus Peter Hansen, 41, traz a mulher, Jennie Louise, 45, para o Standard 11, e como ela hesita em separar-se dele, estimula-a:

---

49. Para Elizabeth Nye, o naufrágio é a continuação de uma tragédia pessoal: recentemente, perdeu o marido e o filho. O bebê polonês logo passará a outras mãos.

– É melhor você embarcar, assim um de nós poderá contar a história quando voltar para casa.

O Standard 11, nesta hora, já é palco do ato inaugural de um inconcebível infortúnio. Auxiliadas pelo camareiro William Faulkner, 37, acabam de passar ao bote Alice Cleaver, 22, e Amelia Brown, 18, ambas britânicas, a primeira, babá, e a segunda, cozinheira, do casal canadense Hudson e Bessie Allison, de 30 e 25 anos, respectivamente, passageiros da Primeira Classe. A babá leva consigo o pequeno Hudson, de apenas 11 meses, e não pôde ou se esqueceu de avisar os pais.

Do relato da menina Ruth Becker:

> *Um oficial pegou minha irmã, outro, o meu irmão e os acomodaram* [no Standard 11].
> *– Neste bote, basta – disse o oficial.*
> *Minha mãe chorava:*
> *– Deixem-me ir neste aí, aqueles são meus filhos.*
> *Eles permitiram e me deixaram para trás. Minha mãe gritou:*
> *– Ruth, pegue o outro bote.*
> *O oficial me pegou no colo e me colocou no bote ao lado.*

Um telegrama de Cape Race chega à redação do *New York Times*:

> *Às 10h25min desta noite[50] o vapor Titanic da White Star Line emitiu CQD para a estação Marconi aqui localizada, reportando colisão com um iceberg e solicitando socorro imediato.*

1h25min

Wilde, auxiliado por Gracie, arria de bombordo o **Standard 12** com 42 pessoas (três homens, 37 mulheres e duas crianças –

---

50. Horário de Nova York.

dois tripulantes e, em maioria, passageiros da Segunda Classe), sob o comando do marujo Frederick Clench, 34. Enquanto o bote desce, o 43º passageiro: é o britânico Gus Cohen, 18, da Terceira, que pula do convés, tombando sobre a também britânica Lutie Parrish, 54, da Segunda, e ferindo-lhe o tórax e a perna.

Arriado por Murdoch do convés A de estibordo o **Standard 11**, com 70 pessoas (12 homens, 51 mulheres e sete crianças – nove tripulantes[51] e, em maioria, passageiros da Segunda Classe), sob o comando do timoneiro Sidney Humphreys, 48. Entre as passageiras da Segunda, a italiana Argenia del Carlo, que se apossa do bebê de Leah Aks, e a britânica Kate Phillips, 19, que fugiu com o namorado, embarcando com nome falso: é a *sra. Marshall*. A descida é lenta e, antes de alcançar o mar, o bote recebe um jato de água e gelo das bombas de esgoto do navio. Quase emborca e as mulheres gritam, aterrorizadas.

Lightoller arria de bombordo o **Standard 14** com 63 pessoas (11 homens, 41 mulheres e 11 crianças – oito tripulantes e, em maioria, passageiros da Segunda Classe), sob o comando de Lowe. Entre os passageiros da Segunda, o campeão mundial de squash, Charles Williams, 23, britânico, sua compatriota Clear Cameron, 35, que vai remar durante a madrugada, e um italiano que, vestido de mulher, enganou o atribulado Lightoller. Nos primeiros metros da descida, Scarrot ainda esgrime com a cana do leme e Lowe dispara três vezes a pistola contra o casco, na altura dos conveses A, B e C, para evitar a invasão. Um homem salta para o bote, mas, com a reação do oficial, lança-se ao mar. O bote cai mal e faz água, que alcança o tornozelo de seus ocupantes.

---

51. Dois tripulantes a bordo do Standard 11 terão breve sobrevida. A camareira Annie Robinson, 40, vai suicidar-se em 1914, lançando-se ao mar da amurada do Devonian, da Leyland Line, em meio a espessa neblina noturna. O auxiliar de cozinha sul-africano Reginald Hardwick, 21, morrerá em 1918, a serviço das forças britânicas na Primeira Guerra.

A preferência para o embarque continua correspondendo à posição social. Onze botes no mar, e do sétimo ao décimo primeiro, a maioria dos ocupantes é da Segunda Classe.

Lightoller e Moody coordenam o acesso ao Standard 16. Hans Jensen encontrou a noiva, Carla, e despede-se dela com um beijo. Também embarca a camareira Violet. Moody lhe entrega um bebê que, no atropelo, foi separado da mãe:

– Tome conta dele, OK?

Do Caronia para o Titanic:

Baltic está vindo em seu socorro.

Do Olympic para o Titanic, informando que sua posição é 40°22'N – 61°18'O e perguntando:

Você está vindo para o sul ao nosso encontro?

O Olympic parece não perceber a gravidade e a urgência da situação. O Titanic vai responder:

Estamos embarcando mulheres nos botes.

1h30min

Com o *valet de chambre* Victor Giglio, 24, e o *chauffeur* René Pernot, 39, Benjamin Guggenheim retorna à cabine para trocar de roupa:

– Vestindo o nosso melhor – comenta –, estaremos preparados para afundar como cavalheiros.

Os passageiros da Terceira Classe forçam a porta de uma das escadarias, invadindo o convés dos barcos. Entre eles, inúmeras mulheres e crianças. Os homens portam punhais, facas, porretes, e lutam com a tripulação para abrir caminho. Segundo o dr. Dodge, que ainda está a bordo, alguns são mortos a tiros.

Do poema de Hans Magnus Enzensberger:

Viva para os oficiais que, bêbados como gambás,
descem os passadiços aos trambolhões e descarregam

suas pistolas na turba que jorra da terceira
classe: pardavascos, judeus, cameleiros
e polacos! Todos sob meu comando!

Em meio ao tumulto, o Capitão Smith é visto caminhando no convés A em estado de choque, ignorando o que acontece à sua volta. Também são vistos Bessie Allison e o marido, que percorrem freneticamente a mesma plataforma, procurando a babá e o pequeno Hudson. Bessie leva ao colo a filhinha Helen Loraine, de dois anos, e se nega a tomar um dos botes restantes. Como poderá embarcar sem seu bebê?

1h31min
Do Titanic para o Olympic:
Casa de máquinas inundada.

1h33min
Do Olympic para o Titanic, perguntando como está o tempo. Phillips responde:
Mar calmo.

No carregamento do Standard 13, no convés A, uma mulher obesa se recusa a embarcar:
– Não me ponham no barco! Não quero! Nunca estive num barco aberto na minha vida. Quero ficar no navio!

O garçom Frederick Ray obriga-a a passar pela janela:
– A senhora precisa ir e, sobretudo, precisa calar-se.

No mar, os botes se distanciam lentamente do Titanic para evitar a sucção do afundamento. No Cúter 1, o *Money Boat*, lançado há meia hora, os tripulantes perdem o senso de direção: remam diretamente para um grupo de luzes até perceber que são as do navio que afunda. No Standard 9, lançado há pouco mais de dez minutos, a menina Bertha Watt, 12, impressiona-se com o que vê nos conveses e ao seu redor, conforme escreverá em 1924 no jornal da Jefferson High School:

> *Ouvimos muitos tiros de revólver e podíamos ver gente correndo desesperadamente de um convés para outro. Em nosso bote, algumas pessoas choravam, outras estavam histéricas. Não havia nada que alguém pudesse fazer e nós simplesmente nos afastávamos dali, mas não muito, o bastante para fugir da sucção (...). No bote, havia uma caixa de biscoitos. Nem água, nem bebida, nem luz.*

Pouco depois, ergue-se o 57º passageiro do Standard 9, um ministro religioso que estava debaixo do banco e, por certo, ali se ocultou antes que o bote fosse arriado.

1h35min

Do artigo publicado no *London Times* pelo professor Beesley:

> *Embarquei no bote 13, no convés A, depois que uma chamada para mulheres e crianças foi repetida três vezes, sem resultado. Como não havia mulheres à vista, fui convidado a embarcar. Eu me mantivera à parte enquanto os botes estavam sendo lançados. Ao embarcar, não tomei o lugar de ninguém. Quando o bote começou a descer, o convés estava deserto.*

Do relato do dr. Dodge, após ter lido o artigo de Beesley:

> *Os botes 13 e 15 foram posicionados simultaneamente nos turcos. Disse o oficial no comando [Murdoch], referindo-se ao 13:*
> *– Melhor lançar do convés A.*
> *Vendo que ao redor do outro bote, o 15, havia umas 50 ou 60 pessoas, entre as quais poucas mulheres, tomei a escada e desci para o convés A, onde o 13 já pendia no costado. Umas oito mulheres embarcaram nele, ajudadas por alguns homens e também por mim, pois tinham de passar pelas janelas. O oficial gritou repetidas vezes que se*

apresentassem mais mulheres e crianças. Ninguém apareceu e ninguém era visível no convés profusamente iluminado. Então entrei no bote, junto com outros homens.

Tais depoimentos não correspondem ao que se passa no navio. Não há lugares sobrando no Standard 13, não são apenas oito mulheres e nem o convés está deserto. Os homens se adiantam e saltam pelas janelas.

Murdoch arria do convés A de estibordo o **Standard 13**, com 64 pessoas (21 homens, 35 mulheres e oito crianças – seis tripulantes e, em maioria, passageiros da Terceira Classe), sob o comando do fornalheiro-chefe Barrett. Uma das mulheres, a irlandesa Bridget McDermott, 31, da Terceira, desce 4,50m pelas cordas para alcançar o bote. O único passageiro da Primeira Classe é o dr. Dodge[52]. Entre os da Segunda, o professor Beesley e a menina Ruth Becker. Entre os da Terceira, a polonesa Leah Aks e o irlandês Daniel Buckley, 21, que se vestiu de mulher para evitar problemas e foi confundido com Madeleine Astor[53]. Um problema nos turcos faz com que o bote se imobilize à frente de uma bomba de esgoto, e um jato de meio metro de diâmetro atinge os passageiros. Os homens pressionam os remos contra o casco e deslocam o barco para trás, justamente sob o Standard 15, ainda pendurado lá em cima. Mas surge outro imprevisto: os cabos de arriamento se esticam e eles não conseguem desenganchá-los.

O embarque no Standard 15 é caótico, as pessoas se empurram e pisoteiam, sem considerar que há várias crianças no bote, todas com menos de cinco anos. As mulheres são espremidas e a britânica Bertha Mulvihill, 25, tem duas costelas quebradas. Um dos passageiros da Terceira Classe é o libanês Nassef Albimona,

---

52. Vai suicidar-se em 1919, abalado por dificuldades financeiras.
53. Buckley morrerá em 1918, na Primeira Guerra, a serviço das forças britânicas.

26. Ao embarcar, ele abandona no navio o menino Houssein Hassan, 11, que viaja aos seus cuidados para visitar os pais nos Estados Unidos. Outro é o croata Nikola Lulic, 29, que passa por Murdoch com um boné de tripulante do Titanic. Da mesma classe é a sueca Selma Asplund, 38, cuja família será dizimada. Ela se salvará com duas crianças, Lillian Gertrud, 5, e Edvin Rojj, 3, mas o barco está superlotado e não é permitido o acesso de mais ninguém, nem mesmo de seus outros filhos, Filip Oscar, 13, Clarence Gustav, 9, e o gêmeo Carl Edgar, 5, que morrerão ao lado do pai, Carl Oscar, 40.

Trinta segundos após o lançamento do 13, Murdoch arria do convés de estibordo o **Standard 15**, com 70 pessoas (29 homens, 35 mulheres e seis crianças – cinco tripulantes e, em sua maioria, passageiros da Terceira Classe[54]), sob o comando do fornalheiro Frank Dymond, 25. O pânico a bordo, exarcebado pelo alarido das válvulas de segurança, faz com que ninguém no convés perceba o que ocorre no costado do navio, e o 15 começa a descer sobre o 13. Neste, em meio aos clamores das mulheres, os homens cortam os cabos, remam em frenesi e conseguem evitar o acidente, com o fundo do outro bote a apenas meio metro de suas cabeças.

Ainda no Standard 13, uma mulher oferece seu cobertor ao tripulante George Beauchamp, 24, que esteve trabalhando afanosamente nas fornalhas e embarcou quase despido. Ele recusa: se pode ceder o abrigo, que o faça para uma das moças irlandesas, todas elas mal-agasalhadas. A menina Ruth Becker alcança seu cobertor para Beauchamp e ele aceita.

Enquanto Rowe lança o oitavo e último foguete, Lightoller, auxiliado por Moody, arria de bombordo o **Standard 16**, com 56

---

54. Um deles é o sueco Oskar Palmquist, 26, que em 1925, nos Estados Unidos, será assassinado por afogamento, obra de um marido enganado.

pessoas (seis homens, 45 mulheres e cinco crianças – seis tripulantes e, em sua maioria, passageiros da Terceira Classe), sob o comando do mestre-de-armas Joseph Bailey, 43. Entre os tripulantes, a camareira Violet. Ela tem no colo o menino Assad Tannous-Thomas, de cinco meses. A jovem mãe Thamine Thomas, de 16 anos, perdeu-se do bebê, que estava nos braços de outra pessoa, e foi embarcada há dez minutos no Standard 14.

Da memória da camareira Violet:

> *Claro que é um sonho, pensei, ao levantar meus olhos em direção ao navio, ricamente iluminado, cada convés ainda mostrando a vida com suas luzes – os geradores eram instalados no convés superior. Tentei fazer com que eu acreditasse que tudo aquilo não era verdade (...). Tocamos a água com uma pancada terrível, parecida com o ruído de um osso partido, que fez o bebê chorar intensamente.*

Gritos no convés de bombordo, é Wilde defendendo o Cúter 2. A estibordo, tiros: é Murdoch, já menos complacente, a impedir que um grupo de homens ocupe o Dobrável C[55], que recém mandou instalar nos turcos do Cúter 1. Cinco ou seis homens da Terceira Classe são retirados do bote pelos marujos, puxados por braços e pernas. Um passageiro da Terceira, Thomas Theobald, 34, vendo que embarca no Dobrável C sua conhecida Emily Goldsmith, 31, acompanhada do filho Frank, 9, entrega-lhe algo:

– Se não nos encontrarmos em Nova York, você faria com que minha esposa recebesse esta aliança?

Outro menino, Alfred Rush, que viaja sob a proteção da família Goldsmith e hoje completa 16 anos, está orgulhoso por

---

55. Este barco, como os outros três dobráveis, tem fundo chato de madeira e laterais de lona.

vestir pela primeira vez calça comprida. Quando o oficial o impele para o bote, ele reage:
— Não, quero ficar com os homens.

O Mount Temple ouve o Frankfurt perguntar ao Titanic:
Já há alguns navios perto de você?

Phillips não responde, mas o Frankfurt insiste em obter detalhes. Phillips irrita-se:
Você é um tolo e está atrapalhando, caia fora.

No convés de bombordo, conversam os norte-americanos Widener e William Carter, o dono do Renault:

> *Estávamos juntos no convés de bombordo e vimos vários botes sendo lançados. Eu disse ao meu amigo:*
> *— Harry, vamos ao convés de estibordo, lá teremos chance.*
> *— Vá você, meu velho, se prefere – ele respondeu –, vou ficar à espera da minha chance no próprio navio.*

1h37min
Do Baltic para o Titanic:
Estamos correndo em sua direção.

No Standard 13, segundo Ruth Becker, uma "mulher alemã" (a polonesa Leah Aks) chora sem parar: seu bebê seguiu em outro bote, o Standard 11, enrolado num cobertor, e ela teme que seja confundido com bagagem e lançado ao mar. No convés A, outra mulher também chora: é Bessie Allison. Com a pequena Loraine ao colo, ela ainda corre de um lado para outro, à procura de Alice Cleaver e o bebê.

1h40min
Quando os oficiais se aprestam para lançar o Dobrável C, dois homens não identificados da Terceira Classe saltam para o

bote. O comissário McElroy, que auxilia Wilde, saca a pistola e dispara, obrigando-os a voltar para o convés. Outros dois homens, à espreita do momento próprio, montam rapidamente na amurada e embarcam: Ismay e Carter. Os oficiais não reagem. Carter, na pressa de escapar, não se compenetra de que a esposa e os filhos, à espera do Standard 4, ainda não deixaram o navio.

Wilde arria de estibordo o **Dobrável C**, com 69 pessoas (17 homens, 38 mulheres e 14 crianças[56] – cinco tripulantes e, em maioria, passageiros da Terceira Classe), sob o comando do timoneiro Rowe. A descida é acidentada. Aderna tanto o navio para bombordo que o bote roça várias vezes no costado, correndo o risco de ter as bordas de lona rasgadas pelas cabeças dos rebites. Os homens, manejando os remos contra o casco, conseguem mantê-lo afastado. O menino Frank vê seu pai acenar lá de cima.

– Até logo, Frank, nós nos veremos mais tarde.

Não tornarão a ver-se.

Murdoch avisa à ponte que os botes de estibordo já se foram, exceto o Dobrável A, virado e coberto sobre o alojamento do capitão, ao lado e à direita da primeira chaminé.

Lightoller e Wilde carregam o Cúter 2 e sobrévem um ato de exceção. A norte-americana Mahala Douglas, 48, pede ao marido Walter Douglas, 50, que embarque, pois ainda há lugar. Ele nem ao menos consulta os oficiais e, ao negar-se, diz à mulher:

– Você está me pedindo que seja menos do que um homem.

Do Olympic para o Titanic:

Estamos a caminho, com todas as caldeiras.

De Cape Race para o Virginian, com informação final equivocada:

---

56. No Dobrável C, os dois primeiros passageiros do Titanic que morrerão em terra, ainda em 1912, de causas não relacionadas com o naufrágio: as meninas libanesas Maria Nakid, de um ano, e Eugenia Baclini, de três anos, ambas de meningite. A outra menina libanesa a bordo é Anna Peter-Joseph, de dois anos, que vai morrer em 1914, no incêndio de sua casa em Detroit.

Diga ao seu capitão que o Olympic está em sua velocidade máxima para socorrer o Titanic, mas sua posição é 40°32'N – 61°18'O. Você está muito mais próximo. O Titanic está embarcando mulheres e crianças nos botes e avisa que o tempo está limpo e calmo. O Olympic é o único navio que está vindo socorrê-lo. Os outros devem estar muito longe.

Do Titanic para o Birma:
Afundando rapidamente. Passageiros nos botes.

1h45min

Wilde arria de bombordo o **Cúter 2**, com 25 pessoas (seis homens, 15 mulheres e quatro crianças – quatro tripulantes e, em maioria, passageiros retardatários da Primeira Classe), sob o comando de Boxhall, que porta alguns foguetes de sinalização. Segundo Gracie, ele mesmo conduziu 39 mulheres e crianças para o transbordo. A maioria, portanto, foi barrada, embora sobrassem 15 lugares – supostamente reservados para o recolhimento de passageiros da Terceira Classe, pelas portalós do costado oposto, embora as mulheres trazidas pelo coronel pertencessem à mesma classe. O 26º passageiro já vai chegar: o austríaco Anton Kink, 29, da Terceira, ao ver a mulher e a filha no bote, corre e salta.

Para tocar na água o Cúter 2 desce 4,50m. A proa continua submergindo, e aqueles que permanecem no navio começam a se deslocar para a popa.

A presumida instrução de Boxhall é contornar o navio e, no costado de estibordo, embarcar os passageiros da Terceira. Ele o faz pela popa. Ainda não há sucção, mas tamanha é a inclinação do navio para vante que as hélices já estão fora d'água. Nas portalós, uma multidão a gesticular e a gritar. Ele pensa: "São capazes de se jogar dali e afundar o bote". E recua. Outras 15 vidas que serão perdidas.

Do Titanic para o Carpathia, última mensagem que este copia: *Venha logo. Sala de máquinas inundada acima das caldeiras.*

O Mount Temple ouve o Frankfurt chamar em vão o Titanic. O Birma também o chama, sem resposta.

1h47min

O Caronia ouve o Titanic, mas os sinais são fracos, indecifráveis.

1h48min

O Asian tenta retomar contato, igualmente sem resultado.

1h50min

Lightoller trabalha no retardado carregamento do Standard 4. Astor auxilia Madeleine e, observando que há lugares vagos, pergunta se pode acompanhar a esposa grávida:

– Ela se encontra em delicado estado.

O oficial não permite.

Vão embarcar Lucile Carter, 36, esposa de William Carter, e os filhos Lucile, 13, e William, 11. Lightoller impede que William entre no bote, é um homem. Astor, exasperado, pega um chapéu de mulher e o coloca na cabeça do menino:

– Pronto, agora ele é uma menina e vai embarcar.

Lightoller consente. Também se adiantam Eleanor Widener, esposa do banqueiro Widener, Marian Thayer, esposa de John Thayer, e Emily Ryerson, 48, com os filhos Susan, 21, Emily, 18, e John Borie, 13. Lightoller intercepta John Borie, mas o pai, Arthur Ryerson, 61, aproxima-se e grita:

– Este menino tem apenas 13 anos e vai com sua mãe.

O oficial recua:

– Está bem, mas não irão mais meninos.

E não consente o embarque do estudante Jack Thayer.

1h55min
Lightoller, finalmente, arria de bombordo o barco atrasado, o **Standard 4**, com 40 pessoas (sete homens, 26 mulheres[57] e sete crianças – sete tripulantes e, em esmagadora maioria, passageiros da Primeira Classe), sob o comando do timoneiro Walter Perkis, 37. Sobram 25 lugares neste barco reservado para a elite e nem um só é oferecido às 56 crianças da Terceira Classe que vão morrer em meia-hora.

Restam apenas três botes, os dobráveis A, B e D.

No Standard 6, há uma hora no mar, os ocupantes descobrem o passageiro clandestino, libanês Fahim Leeni, que mais tarde Hichens descreverá como "italiano". Ninguém sabe como embarcou. Ele não pode ajudar Peuchen e Fleet nos remos, tem o braço quebrado.

De Cape Race para o Virginian:

Há meia hora não ouvimos o Titanic. É possível que sua energia esteja esgotada.

2h
Olympic, Frankfurt e Baltic chamam o Titanic. Sem resposta.

A água está a 3,50m da seção de vante do convés A, imediatamente abaixo do convés dos barcos. Agrava-se a inclinação para bombordo e os oficiais mandam que todos se movam para o convés de estibordo, desesperada e vã tentativa de manter o navio equilibrado o maior tempo possível. A banda toca hinos: *When we meet beyond, Lead, kindly light, Abide with me, Eternal father,*

---

[57]. Para uma das passageiras da Primeira Classe, Ida Hippach, 44, o desastre é a renovação de uma angústia: ela viajou à Europa com a filha Jean Gertrude, 17, para distrair-se da perda de dois filhos no incêndio de um teatro norte-americano. Outra sobrevivente do Standard 4, Elizabeth Hocking, 54, da Segunda, vai morrer dois anos depois nos Estados Unidos, em acidente de trânsito.

strong to save. Toca também *Nearer, my God, to thee* (Mais perto de ti, Senhor), composição de Sarah Flower Adams em 1841, que Wallace Hartley costuma dizer que reserva para seu funeral.

Futuramente, haverá duas versões sobre a atuação da banda: que toca até depois das 2h ou que pára bem antes. Acredita-se, no entanto, que em dado momento os músicos apenas fazem um intervalo para buscar os coletes em suas cabines, logo voltando a tocar, pois alguns sobreviventes, mais cedo, notam que eles estão sem os coletes, ao passo que outros, mais tarde, observam que já os vestem.

No convés A, Lightoller instrui os subordinados a formarem um círculo com os braços dados, para que apenas mulheres e crianças embarquem no Dobrável D, já pendurado nos turcos do Cúter 2.

Como ignorando a tragédia da qual também são vítimas, quatro homens jogam cartas e conversam no salão de fumar da Primeira Classe: os norte-americanos Major Butt, Clarence Moore, Arthur Ryerson e o pintor Francis Millet, 65. Quem os vê, não os ouve. Sobre o que conversam essas criaturas que parecem desprezar a morte próxima?

Os camareiros Andrew Cunningham e Sidney Siebert, 29, encaminham-se ao tombadilho da popa, onde já se agrupam dezenas de pessoas. Montam na balaustrada e pulam para o mar. Em seguida saltam outros tripulantes: Frank Prentice, 22, Cyrill Ricks, 23, e M. Kieram, 32. Ricks fere-se gravemente ao cair sobre cadeiras e pranchas que foram arremessadas à água, e Prentice vai permanecer ao seu lado, segurando-lhe a cabeça acima d'água, até sua morte. Kieram também morrerá, enregelado.

Do relato de Carla Andersen-Jensen:

> *Enquanto o bote se afastava do Titanic* [Standard 16], *a orquestra ainda tocava. Alguém comentou que era o hino* Nearer, my God, to thee. *Pode ser. É um hino inglês e eu não o conhecia.*

Do relato do dr. Dodge:

Passada meia hora [do arriamento do Standard 13], *olhando para o navio, para a linha das vigias iluminadas, observei que estava muito inclinado para a frente e ia aumentando o grau da inclinação. Fiquei chocado. Ninguém no bote imaginava que fosse afundar.*

2h05min

O naufrágio pode ocorrer a qualquer momento. Toda a sorte de objetos desliza na direção da proa. Dos salões, das cabines, das cozinhas, sobem aos conveses superiores o estalejar de louça, vidros, metais, e as detonações do mobiliário ao chocar-se contra as paredes de vante, atribuindo uma cadência apocalíptica ao estridor das válvulas de segurança.

Lightoller, empunhando a pistola e auxiliado por Woolner e pelo sueco Hakan Bjornström-Steffansson, 28, adido militar do consulado da Suécia em Nova York, ultima o embarque no Dobrável D, no convés A de bombordo. Tripulantes, entre eles John Hardy, 36, camareiro-chefe da Segunda Classe, precisam ajudar, pois a inclinação do navio faz com que o barco pendendo dos turcos esteja distante do costado. Pranchas são assentadas entre a amurada e o bote, para facilitar o acesso. Uma mulher, ao saltar da prancha, quebra o cotovelo e quase cai no mar. Lilly May Futrelle é a última mulher a embarcar, após ter-se negado diversas vezes a abandonar o marido, escritor Jacques Futrelle. Como não vê outras mulheres, Lightoller permite que embarquem homens, entre eles Hans Jensen. Entrementes, chega Gracie com duas esquecidas passageiras da Primeira Classe, Edith Evans e Caroline Brown. Param diante da muralha humana do Segundo Oficial. Ele manda que alguns homens saiam do bote, inclusive Jensen, e permite a passagem das mulheres. Edith pensa que há um único lugar e diz à sra. Brown:

– Vá você primeiro, que tem filhos esperando em casa.

A outra embarca, Edith hesita, e o apressado oficial, temendo uma invasão e o embaraço dos cabos, manda lançar o bote. Wilde sugere que Lightoller o comande, ele recusa.

Arriado do convés A de bombordo o **Dobrável D** com 44 pessoas (sete homens, 33 mulheres e quatro crianças – três tripulantes e, em maioria, passageiros da Primeira Classe), sob o comando de Arthur Bright, 41, um dos seis timoneiros do navio. É o último de bombordo e leva os meninos Edmond e Michel Navratil, de dois e três anos, que foram raptados pelo pai, em litígio com a mãe, e viajam com nomes falsos. Durante a descida, Woolner e Steffansson, à espera nas aberturas do convés B, saltam para o bote, agora apartado mais de dois metros do costado. O sueco o alcança, mas Woolner fica pendurado e se machuca. O amigo o puxa para dentro. Entrementes, Lily May olha para o convés e, pela última vez, vê seu marido: o escritor está fumando, na companhia de Astor. O bote desce apenas três metros e toca na água. Um de seus ocupantes, um marujo, grita para Edith:

– Outro bote está sendo preparado para você.

Ele alude, por certo, aos dobráveis A e B, ainda amarrados e emborcados junto à primeira chaminé. Um passageiro, cuja esposa embarcou no Dobrável D, lança-se ao mar, é recolhido e põe-se a remar ao lado do camareiro Hardy. Bright maneja o leme.

Andrews é visto sozinho na sala dos fumantes da Primeira Classe, sentado, imóvel. Com o colete abandonado sobre a mesa, espera placidamente a morte, assumindo uma culpa que, afinal, é muito menos dele do que de outros. É um homem honrado.

Do romance de Robert Serling, *Something's alive on the Titanic*[58], diálogo imaginário entre Andrews e o jornalista Stead, nesta ocasião, a propósito de Ismay:

---

58. No Brasil, *A maldição do Titanic*. v. Consultas, ao final.

Andrews olhou para a magnífica pintura a óleo pendurada na parede à sua frente, chamada A aproximação do Novo Mundo. *Examinou-a durante um longo momento antes de responder:*
– *Ele é culpado de outras coisas além dessa estupidez do recorde de velocidade. As plantas originais do navio pediam 48 botes salva-vidas, com uma capacidade total de mais de 3.000 vidas. O Titanic carregaria 64 se fosse preciso. Mas alguém da White Star tomou a decisão de carregar apenas 16 e, se não foi o próprio Ismay que fez isso, ele teria demitido o responsável. De todas as pessoas que jantaram conosco ontem à noite, ele é o maior culpado, e espero que se lembre disse nos momentos finais.*

Stead disse, seco:
– *Os momentos finais dele não serão hoje à noite. Ismay partiu num dos botes dobráveis.*

Seus olhares se encontraram e Andrews murmurou:
– *Que sujeito covarde.*
– *Pelo menos nossa dor passará logo quando o fim chegar* – *observou Stead.* – *Ismay a carregará pelo resto da vida.*

2h10min

O castelo da proa está submerso e a água ultrapassa a guarda de vante do convés A. Na cobertura do alojamento dos oficiais, os tripulantes, afobados, não conseguem retirar a lona que protege os dobráveis A e B, fixada por cordas. Gracie empresta seu canivete para que as cortem.

Na Sala Marconi, o sonâmbulo capitão libera os telegrafistas, dizendo, segundo depoimento de Bride:
– Vocês cumpriram o dever.

E deveras o teriam cumprido? E ele também? Segurando-se onde pode para não escorregar no piso inclinado, vai à sala de navegação.

– Agora é cada um por si – diz a alguns tripulantes.

Phillips envia a última mensagem, ouvida só pelo Virginian e com sinais tão débeis que não são decifrados. A banda toca *Autumn*.

O marujo Samuel Hemming desce por um cabo até o mar. Sem colete, nada 200m e alcança o Standard 4, o bote mais próximo, mas não consegue subir. Reconhece um colega, John Foley, 44, e grita:

– Jack, me dê uma mão!
– É você, Sam? – diz o outro, e o ajuda a embarcar.

2h15min

A banda já parou de tocar. Um oficial – Murdoch, segundo Lightoller – manda pendurar o Dobrável A, já arriado de cima do alojamento do capitão, nos turcos do Cúter 1. A água transpõe a guarda da asa de bombordo da ponte e já alcança as primeiras janelas da sala de navegação. O capitão é visto nas imediações, mas Bride vai testemunhar que, na verdade, ele já pulou para o mar. O navio balança-se para a frente, provocando ondas que se dissipam no convés dos barcos.

Um dos oficiais suicida-se com um tiro na têmpora, ocorrência que três pessoas vão relatar. O passageiro de Primeira Classe George Rheims, 36, que está na água, vê o oficial disparar contra si mesmo, mas não o identifica. O banqueiro Robert Daniel, que também já se lançou ao mar, assiste à cena a curta distância: suspeita de Murdoch, conquanto não lhe tenha visto o rosto. O irlandês Eugene Daly, que está no convés pronto para saltar, prestará um depoimento minucioso, sem identificar o suicida, antecipando a cena para momentos de grande tumulto, conseqüentes à invasão do convés dos barcos pelos homens da Terceira Classe.

Do depoimento de Eugene Daly:

> *Um oficial apontou o revólver, dizendo que, se alguém tentasse invadir o bote, dispararia. Vi o oficial matar dois homens que tentaram. Em seguida ouvi outro tiro e vi o oficial caído no convés.*[59]

Lightoller e tripulantes, sobre o alojamento dos oficiais, empurram o Dobrável B por uma rampa feita com remos. O bote cai emborcado no convés de bombordo. Aproxima-se o ajudante de cozinha John Collins, 17, com um bebê, acompanhado pela mãe aos prantos. É tarde. A proa mergulha e uma imensa onda invade o convés dos barcos. Lightoller pula e cai no costado do navio, junto a uma grade de entrada de ar da casa de máquinas. A onda arranca a criança dos braços de Collins e o leva, arrastando todos que acorreram àquela área. A estibordo, ela arroja ao mar o Dobrável A e um grande e incerto número de pessoas. Os gritos morrem nas gargantas saturadas ou sob os estrépitos do que a onda vai derrubando.

Perseguidos pela água, Gracie e outros correm para o tombadilho, onde encontram uma multidão de homens, mulheres e crianças da Terceira Classe. Eles ouvem o padre Thomas Byles, 42, que a todos concede a absolvição. Ali não há pânico, não há gritos, as pessoas apenas olham, atordoadas, para algum lugar.

– Oh, que agonia! – dirá depois o coronel.

Pulam Phillips e Bride. Pulam Gracie, Astor e o jornalista Stead. Pulam também o advogado Charles Williams e seu filho, e este vê que nada ao seu lado o premiado *bulldog* Gamon de Pycombe, pertencente a Robert Daniel, libertado do canil de bordo juntamente com outros cães, como o terrier Kitty, de Astor, e o pequinês Sun Yatsen, de Henry Harper.

---

59. É Murdoch, Wilde ou Moody, pois o corpo do oficial restante, comissário-chefe McElroy, será resgatado sem ferimento de bala. Entre os oficiais sobreviventes, aparentemente, haverá um pacto de silêncio.

2h17min

O Virginian constata que o sinal do Titanic desapareceu.

A água penetra velozmente pela grade da entrada de ar do costado, sugando Lightoller, que submerge com a proa. Logo é devolvido à superfície pela energia da explosão de uma caldeira. Ele nada e, à luz das estrelas, encontra o Dobrável B: é o primeiro passageiro do bote emborcado e parcialmente submerso. Em seguida, terá a companhia do ajudante de cozinha Collins, que dá com o bote ao vir à tona.

De uma entrevista do fornalheiro Harry Senior, 31[60]:

> *Vi uma mulher italiana com dois bebês e peguei um deles. Fiz a mulher pular com um dos bebês, enquanto eu fazia o mesmo com o outro. Mergulhei e, quando voltei à superfície, o bebê em meus braços estava morto. Tive de abandoná-lo. Em seguida vi a mulher nadando, mas sobreveio a explosão de uma caldeira e uma grande onda que a engoliu.*

A obliqüidade do navio, com a popa erguida, quebra a primeira chaminé, que ao tombar mata dezenas de pessoas que flutuam, entre elas Astor e o jornalista Stead, agarrados a umas pranchas, e o advogado Charles Williams, conforme relatará seu filho Richard, que quase é atingido. Outro que escapa e pela segunda vez é Lightoller, a chaminé cai muito perto do Dobrável B.

Da memória da camareira Violet:

> *(...) observei* [do Standard 16] *o Titanic dar um balanço brusco para a frente. Uma de suas enormes chaminés tombou como se fora um molde de papelão, caindo*

---

60. *New York Times*, 19 de abril de 1912.

no mar com um rugido horrível. Ouvimos alguns gritos distantes, depois o silêncio, à medida que o navio parecia se recompor, como acontece a um animal que tem sua espinha quebrada.

A onda resultante da queda da chaminé salva o tenista Richard. Arremessado ao longe, ele vê Dobrável A, que flutua meio submerso: não houve tempo para armar as laterais de lona.

De uma carta de Richard Williams ao Coronel Gracie:

Não permaneci durante muito tempo debaixo d'água e, tão logo pude vir à tona, despi meu sobretudo de pele. Também tirei os sapatos. Nadando uns 20m, vi algo flutuando. Era um dos botes dobráveis. Pendurei-me na borda e pude alçar-me, sentando-me. A água me cobria até acima da cintura. No todo, éramos umas 30 pessoas ali.

O **Dobrável A** é alcançado por 22 homens e 2 mulheres. A sueca Elin Gerda Lindell, 30, segurando a mão do tipógrafo August Wennerström, 27, não chega a subir. Com o braço enrigecido, em breve o compatriota vai soltá-la. Diversas pessoas morrerão nas horas seguintes, entre elas o empresário canadense Thomson Beattie, 36, o granjeiro norte-americano Arthur Keefe, 39, e o trabalhador rural sueco Edvard Lindell, 36, marido de Elin Gerda. Sobreviverão 11 homens e uma mulher.

Passageiros e tripulantes jogam-se da popa nas águas geladas. Lightoller e Collins tentam desvirar o **Dobrável B.** Em vão. E logo serão 30, todos homens, espremidos sobre o fundo do bote. O último a subir é Gracie. O russo David Livshin, 25, morre congelado. Outros morrerão em seguida, entre eles o telegrafista Phillips. Um dos que resistem é Bride. Outro é o estudante Jack Thayer, que Lightoller impediu de embarcar no Standard 4 e agora o acompanha na tentativa desesperada de viver[61]. Dos 30, sobreviverá apenas a metade.

2h18min

As luzes do navio piscam uma vez e se apagam. Agora o Titanic é uma ingente massa negra e compacta contra o céu estrelado. Já não o será: com ruídos ensurdecedores, resultantes do deslocamento de toda a tralha de aço arrancada de suas bases, parte-se em dois pedaços, entre a terceira e a quarta chaminés. A seção da proa desaparece rapidamente, e a da popa – onde se comprime a multidão –, tendo retornado à posição horizontal num golpe de extrema violência contra a superfície do mar, é puxada pela proa que afunda e, lentamente, ergue-se outra vez, em posição quase vertical. Nos botes, os náufragos ouvem grandes estrondos, são refrigeradores, geradores, mobiliário, enormes caldeiras que despencam num mergulho de demolições e estraçalhamentos. E ouvem gritos medonhos, são os que morrem esmagados ou tombam de grande altura sobre os escombros que ainda unem o navio ou no mar coberto de destroços. Rangidos de sombria gravidade e agudos estalos ecoam na noite rumorosa. Logo, quatro explosões.

Por onde andarão Bessie Allison, o marido e a menininha Loraine, que não acharam o bebê? Ninguém os vê nem os verá jamais.

Do relato da menina Ruth Becker:

> *Podíamos ver* [do Standard 13] *as luzes desaparecendo uma por uma, até que houve uma grande explosão. Então acho que o navio se partiu ao meio e, pouco depois, afundou. Ouvíamos os gritos horríveis daquelas pessoas que estavam indo para o fundo do mar.*

---

61. Jack Thayer vai suicidar-se em 1945, após ter perdido um filho na Segunda Guerra.

Do relato de Carla Andersen-Jensen:

> *Estávamos perto de outros botes* [no Standard 16] *e víamos icebergs à nossa volta. Então a catástrofe aconteceu. Ninguém esperava ver aquilo. Aterrorizados, ouvimos um inacreditável estrondo e uma espécie de guincho de mil vozes que veio do navio, quando ele se quebrou ao meio, para logo afundar. Estávamos petrificados.*

No Dobrável C, Emily Goldsmith encobre os olhos do filho Frank com as mãos, para que não veja aquelas imagens pavorosas. Ismay também não as vê, dando-lhes as costas, atitude que se tornará pública e afetará ainda mais sua reputação.

Mais de 300 pessoas flutuam com seus coletes nas imediações daquela aberração que se ergue sobre as águas como a grimpa de um fantasmagórico iceberg. Clamam por socorro, e os "gritos terríveis" – assim os ouve Buley, no Standard 10 – pouco a pouco vão-se convertendo num lamento lúgubre e contínuo que será ouvido nos botes por longos dez minutos.

A centenas de metros, Pitman amarra os *standard* 5 e 7 com uma corda. Os dois botes permanecerão juntos até as primeiras luzes da manhã.

2h20min

Com um rugido monstruoso, a popa começa a mergulhar. As ondas sacodem os botes mais próximos. Aquele prodígio sobre as águas, insígnia da opulência eduardiana, não existe mais, e a deformada carcaça de uma era de esplendor viaja para seu túmulo, num ângulo de 30° e à espantosa velocidade de 75km horários, a 1.600 km da cidade em que Ismay queria aportar na terça-feira.

III

2h20min

O Olympic pergunta ao Virginian se ainda copia o sinal do Titanic. O Virginian responde:

Não. Conservando estrita atenção, mas sem resposta do Titanic e sem ouvi-lo.

O sinistro queixume dos que congelam aflige as mulheres do Standard 6 cujos maridos ficaram para trás. Sobram 37 lugares e elas pedem ao timoneiro Hichens que regresse para completar a lotação. Ele se recusa com uma afronta: devem salvar suas vidas e não arriscá-las à procura de "um monte de cadáveres". Hichens maneja o leme, enquanto Fleet e Peuchen remam na direção de uma luz que só o timoneiro vê.

No Standard 5, a 500m do naufrágio, sobram 24 lugares. Ao contrário do timoneiro, Pitman se comove com a agonia dos que "choram, gemem, gritam" e quer retornar, mas – quão desigual é a natureza humana! – os passageiros suplicam que não o faça, receando que os moribundos assaltem o bote. Diz uma mulher:

– Por que devemos morrer, se é inútil tentar salvá-los?

O mesmo ocorre no Standard 8, de Jones, e no Cúter 2, de Boxhall, ambos com mais de 20 lugares vagos. Mas o Standard 8 não pode voltar nem que todos queiram: segundo o testemunho da norte-americana Ella White, 55, o bote está à deriva, os remadores não sabem remar e, com os remos escapando das forquetas, machucam os passageiros.

No Cúter 1, com espaço para outras 28 pessoas, Sir Cosmo Duff Gordon oferece cinco libras a cada marujo para que o bote não retorne. É o salário de um mês e os remadores aceitam.

O Standard 4 recolhe oito náufragos, dos quais apenas seis vão sobreviver. O marujo William Lyons, 26, logo perde a consciência e morrerá a bordo do Carpathia. O camareiro Cunningham, após nadar 1.000m para afastar-se da sucção, retorna e encontra o bote, que o salva. Seu companheiro, Siebert, não tem a mesma sorte. Ele alcança o Standard 4, mas a hipotermia o matará nos minutos seguintes. Pouco depois, outro tripulante se acerca a nado: é Prentice, recompensado pelo soberbo gesto de manter à tona o companheiro agonizante, Ricks, antes de tentar salvar-se.

Se há disputa pela chance de viver, ela favorece a fortaleza e a insensibilidade. Diversos homens se aproximam a nado do emborcado Dobrável B e são violentamente rechaçados, o bote está a ponto de afundar. O fornalheiro Harry Senior tenta subir e um homem o golpeia na cabeça com o remo. Senior, contudo, não desiste, ele é um forte e, sobretudo, é um insensível. Com a mesma frieza que o autorizou a abandonar na água um bebê que, decerto, ainda vivia, enfrenta o combate desigual. E não desiste e vai contornando o bote até encontrar, no bordo oposto, um canto de quilha onde se pendura, sem que o enregelado vizinho tenha instrumentos ou energia bastante para esgrimir por seu lugar. Outros, menos feras, desistem, como aquele homem enxotado que, segundo Collins testemunhará no inquérito norte-americano, responde com assombrosa resignação:

– Está bem, rapazes, fiquem calmos. Boa sorte para vocês.

Segue nadando por alguns minutos, depois pára e, apenas com a cabeça à superfície, vai-se afastando lentamente. Um "alemão" permanece na água, apegado à mão do solidário Collins, pouco depois sobe e salva-se. A atividade no Dobrável B é aflitiva e incessante, comandada por Lightoller: se o fundo do bote aderna para um lado, os homens passam para o outro, agarrando-se na quilha. E assim continuarão por toda a madrugada.

Duplamente aquinhoado pela fortuna é o holandês Frederick Hoyt, 38, da Primeira Classe. Ele é recolhido pelo Dobrável D, justamente o bote em que se encontra sua esposa norte-americana.

Do relato do dr. Dodge:

> *Com o desaparecimento do navio, um sentimento de solidão e uma profunda depressão se apossaram dos que estávamos no bote. Quase não falávamos, mas ouvi alguém dizer: "Podemos ficar aqui por muito tempo, até que nos achem". Nós nos ocupávamos, incansavelmente, em esquadrinhar o mar em busca da luz de outro navio.*

Da memória da camareira Violet:

> *Um momento de vazio terrível e uma névoa negra envolveram-nos em sua total solidão (...), em seguida o silêncio, enquanto nosso bote jogava de um lado para outro à mercê de uma banquisa.*

Do relato de Carla Andersen-Jensen:

> *Pior do que os gritos foi o silêncio que veio depois.*

2h25min

Mensagem do Birma para o Frankfurt, reportando que se encontra a 127km da zona do naufrágio. No Californian, tripulantes notam que o navio ao longe desapareceu. Concluem que, após uma parada, seguiu viagem.

2h40min

O telegrafista do Mount Temple informa o Capitão Moore que há quase uma hora o Titanic não se manifesta.

No Carpathia, Rostron determina o lançamento de foguetes de sinalização a cada 15 minutos, para prevenir o Titanic ou eventuais náufragos de sua aproximação. Dos 20 botes, apenas quatro ou cinco têm lanternas. Nos demais, os sobreviventes queimam pedaços de papel para indicar a posição e alertar algum navio nas imediações.

Um homem imerso ainda vive e vai-se avizinhando do bote emborcado com indolentes braçadas. Pára, olha, respira e recomeça seu preguiçoso avanço, que parece imune às leis da natureza. É o chefe do panifício Charles Joughin, 32, que durante as duas horas e quarenta minutos do naufrágio nada mais fez senão embriagar-se – talvez imaginando que o coma alcoólico fosse a melhor maneira de topar com a Morte. Mas se a Morte, ao procurá-lo, não o encontrou, agora o espreita, pois os outros lhe vedam o acesso ao bote. Joughin não combate, como Senior. Ele aguarda. E aguardará até conseguir lugar, substituindo alguém que vai morrer.

2h45min

O Carpathia encontra vários icebergs e um oficial adverte Rostron:

– Estamos indo muito rápido, senhor, não é seguro.

O capitão responde:

– Não podemos parar.

3h

O vapor da Cunard prossegue para noroeste na mesma velocidade, mas o Mount Temple, que vem do leste, depara-se com gelo pesado e diminui a marcha.

No Standard 6, Hichens atormenta os passageiros. Não há água, não há comida, não há bússola e, por isso – teima em repetir –, todos vão morrer. Em horário impreciso, entre 3 e 4h, as mulheres, lideradas por Margaret Brown, amotinam-se contra Hichens e ameaçam jogá-lo ao mar. O timoneiro enrola-se num cobertor e limita-se a praguejar em voz baixa[62]. Nos remos, a canadense Mary Douglas, 27, e a norte-americana Leila Meyer, 25, ambas da Primeira Classe.

---

62. Por ter-se negado a voltar à área do desastre, num barco onde havia tanto espaço livre, mais tarde será condenado publicamente por Margaret Brown, desonra que o acompanhará pelo resto da vida e o levará a lastimar-se: "Com tantos botes, aquela mulher embarcou logo no meu".

Lowe, no Standard 14, assume o comando da operação de salvamento, e faz com que se unam, amarrados, o Dobrável D e os *standard* 4, 10 e 12. Decidido a retornar em busca de sobreviventes, transfere para outros botes a maior parte dos passageiros que ocupam o seu. Só então descobre que uma das "senhoras" é um italiano com roupas femininas – Emilio Portaluppi? –, que se recusa a abandonar o 14. Lowe o agarra e literalmente o arroja em outro bote. Aparecem também os dois chineses do Standard 10, com trajes e chapéus de mulher.

Após reunir oito homens, entre eles Buley, o barman George Crowe, 30, o marujo Frank Evans, 27, e, como voluntário, o campeão mundial de squash Charles Williams, parte o resoluto oficial galês, que já mostrara sua têmpera ao enfrentar Ismay, no carregamento do Standard 5. É o único a voltar, e se não o fez antes, esperando a redução de gritos e gemidos – como vai declarar lisamente no inquérito norte-americano –, foi por recear que seu bote, então superlotado com 63 passageiros, pudesse ser posto a pique pela inevitável arremetida dos que ainda viviam.

3h05min
Na sala de navegação do Mount Temple, o Capitão Moore vê a luz do mastro de um pequeno navio a pouco mais de um quilômetro à proa e é obrigado a manobrar para não abalroá-lo. A embarcação vem da região do naufrágio. O pesqueiro norueguês Samson, quem sabe?

3h15min
Do Carpathia para o Titanic:
Se você continua aí: estamos lançando foguetes.

3h20min
A tripulação do Californian vê novos foguetes ao sul. Outra festa, como aquela das primeiras horas da madrugada?

Em meio a centenas de cadáveres, Lowe descobre quatro pessoas vivas, equilibrando-se sobre destroços que sobrenadam: o camareiro Harold Phillimore, 23, o comerciante William Fisher Hoyt, 42, da Primeira Classe, o marinheiro chinês Fang Lang, 32, da Terceira, e uma quarta não identificada. Hoyt, alto e robusto, sangra pela boca e pelo nariz, e seu estado é crítico. Lowe lhe desaperta o colarinho para que possa respirar melhor, mas Hoyt não resiste. De manhã, seu corpo será lançado ao mar pelos tripulantes do Carpathia.

3h25min
Os foguetes são vistos pelos náufragos nos botes. Cottam chama insistentemente o Titanic.

O Baltic telegrafa ao Virginian, perguntando pelo Titanic. O Mount Temple pára, cercado de gelo, a 25km da suposta zona do naufrágio, e em seguida observa à proa uma outra embarcação. Ao amanhecer, verá que se trata de um *tramp steamer*, um vapor sem identificação, do tipo que aporta em qualquer lugar para carregar o que estiver à mão.

3h30min
O Carpathia chega à área reportada por Phillips e não encontra nada. Nem navio, nem destroços, nem botes.

3h48min
Do Birma, supondo que o Titanic ainda está na escuta:
A toda velocidade em sua direção. Chegaremos por volta das seis horas. Esperamos que estejam bem. Apenas 91km nos separam.

3h50min
O Ypiranga avisa a todos os navios que há muito tempo não ouve o Titanic, mas Cottam, no Carpathia, ainda o chama.

4h
O Capitão Rostron manda desligar os motores, à espera. Seus oficiais, apreensivos, perscrutam o mar em todas as direções.

No outro lado de um vasto campo de gelo, a tripulação do Californian vê um vapor na região em que, no começo da noite, observou o navio iluminado. É o Carpathia, que – aleluia! – também já é visto pelos náufragos, inclusive os do Dobrável B, a grande distância.

4h05min

Um oficial do Carpathia, na proa, percebe no mar uma luz verde. São os foguetes de Boxhall no Cúter 2. O bote se aproxima vagarosamente, tendo ao leme a passageira Mahala Douglas, da Primeira Classe. Começa a clarear o dia.

4h10min

O navio manobra para facilitar e o Cúter 2 encosta abaixo da portaló de estibordo. Traz várias crianças. São arriadas escadas. Quem primeiro sobe é Elizabeth Allen, 29, da Primeira, e confirma que o Titanic naufragou. O trabalho de resgate é lento, laborioso, dificultado pelos náufragos: alguns em pranto convulso, outros em estado de choque ou de histeria, além daqueles que se movem com estranhas pausas, calados, sombrios. O bote vazio é pendurado no costado. Em seguida virão os outros, que se distribuem numa área de aproximadamente 8km^2.

No Standard 6, Hichens entrega o leme para Leila Meyer e começa a remar na direção do navio. Ela não sabe manejá-lo e o bote se atravessa. Hichens retoma o leme e, brutal, manda que a moça volte ao remo. Leila, aos gritos, acusa-o de estar embriagado. Ele bebeu todo o frasco de brandy que, ao abandonar o navio, Hélène Baxter, 50, recebeu do filho.

4h18min

Do La Provence para o Celtic:
Há mais de duas horas ninguém ouve o Titanic.

4h30min

O Mount Temple tenta avançar e se imobiliza diante do mesmo campo de gelo que bloqueou o California. Neste, o aprendiz de oficial Gibson abre a porta do alojamento do Capitão Lord, que desperta e pergunta:

– Qual é o problema? – e o tom é de impaciência.

Receoso, o rapaz fecha a porta e se afasta sem nada dizer.

4h40min

Um segundo bote, o Cúter 1, é recolhido pelo Carpathia.

4h45min

Recolhido o Standard 5 e, em seguida, o 13. Com intervalos variáveis e em horários imprecisos, vão chegando os demais. A cada bote, aumentará a ansiedade das esposas que esperam, em vão, rever seus maridos. No Standard 7, que se aproxima, o vigia Hogg tranqüiliza as mulheres:

– Agora está tudo em ordem, senhoras, estamos salvos.

Elas fitam o navio em arquejante silêncio.

4h50min

O Mount Temple continua parado no meio do gelo.

4h55min

Birma e Frankfurt trocam mensagens.

5h

Encrespa-se o mar e aumentam as dificuldades do bote emborcado. A cada vez que é sacudido por uma onda, escapa um pouco de ar de seu interior e a proa afunda mais. Os homens continuam a trocar de posição, mas já estão muito cansados.

5h10min

O Californian liga seus motores para deixar o campo de gelo. O lugar está cercado de grandes icebergs, esplendoroso panorama a contrastar com a magnitude da tragédia. Dependendo da direção em que lhes bate o sol nascente, suas cores mudam, são brancos, azuis e em tons que oscilam entre violeta e cinza escuro. Move-se também o Mount Temple.

Recolhido o Standard 7.

5h14min

O Birma avisa que se encontra a pouco mais de 50km do Titanic.

5h25min

O Celtic tenta enviar mensagem ao Titanic através do Caronia, que responde: não há contato.

5h30min

No Californian, o Chefe dos Oficiais Stewart desperta o telegrafista Evans e, comentando que um navio lançou foguetes durante a noite, aconselha-o a ligar o aparelho. Ele o faz com uma chamada geral, que de imediato é respondida pelo Frankfurt:

Você não sabe que, durante a noite, o Titanic colidiu com um iceberg e naufragou?

Evans, nervoso, pede a posição do Titanic. Em seguida, também é avisado pelo Virginian, mas é uma conversa informal entre telegrafistas. Evans solicita ao operador do Virginian uma comunicação oficial, que logo chega e é lida pelo estupefato Capitão Lord:

Titanic colidiu com iceberg. Navio naufragou. Passageiros nos botes. Sua posição era 41°46'N – 40°14'O.

Amanhece. No Standard 13, que vem chegando, o garçom Frederick Ray, ao remo, conversa com o dr. Dodge:

– Doutor, sua esposa e seu menino se salvaram?

Dodge responde que os embarcou num dos primeiros botes e logo reconhece o remador: é o garçom que atendia sua mesa no salão.

– Não tinha notado que você estava aqui.
– Eu estava ao seu lado no convés e fui eu quem disse ao senhor que tomasse o bote.

No Dobrável C, Rowe descobre sob os bancos quatro chineses enrolados em panos: Lee Bing, 32, Chang Chip, 32, Ling Hee, 24, Len Lam, 38, ex-fornalheiros do navio Anetta, da Donaldson Line, que viajavam na Terceira Classe.

Do poema de Hans Magnus Enzensberger:

> *Só quando clareou o dia,*
> *(...) uma trouxa de molambos frouxos,*
> *no piso úmido do bote,*
> *despertou sob os pés*
> *dos trinta e cinco,*
> *algo começou a se mexer,*
> *envolto em lona suja de vela,*
> *algo molhado, esfarrapado,*
> *ganhou vida e começou a falar.*

No Dobrável B, Lightoller sopra seu apito e chama a atenção dos botes amarrados, o Dobrável D – rebocado pelo 14 de Lowe, pois está fazendo água – e os *standard* 4, 10 e 12, a 800m de distância. Lowe manda que o 4 e o 12 voltem e recolham os sobreviventes. Gracie, enregelado, não consegue saltar e transfere-se para o 12 rastejando. O padeiro bêbado, ainda protegido pelo uísque, pula. Antes do amanhecer, o 12 estará sobrecarregado com 70 pessoas transferidas de outros botes. O Dobrável B, vazio, também é rebocado por Lowe.

No Dobrável A, sem as bordas e com o fundo sob a superfície, os náufragos, eretos – entre eles uma mulher, Rosa Abbott, 39, da Terceira –, têm o mar nos joelhos. Uma cena fantasmal: dão a impressão de estar em pé sobre a água. O bote vai afundar. Lowe parte em seu socorro e, antes da abordagem, dispara quatro tiros de alerta: ninguém deve se precipitar sobre o 14, sob pena de emborcá-lo. Três corpos são abandonados no bote, que fica à deriva.

Da carta do tenista Richard ao Coronel Gracie:

> *No todo, éramos umas 30 pessoas. Quando o Quinto Oficial Lowe nos recolheu no Standard 14, creio que apenas 11 estávamos vivos, os outros tinham morrido de frio.*

5h35min

Troca de mensagens entre o Californian e o Mount Temple, que lhe indica a suposta posição do Titanic, como pouco antes o fizera o Virginian. Com o mar apinhado de blocos de gelo, Lord ordena que o navio siga à meia força para a zona reportada.

6h

O Mount Temple vê o Carpathia no outro lado do campo de gelo. Neste, prossegue o resgate dos botes e, da amurada, os passageiros da Cunard os fotografam. Recolhido o Standard 3, que traz o casal Harper, o criado egípcio e, escondido, o pequinês Sun Yatsen. A ânsia por subir as escadas do navio faz com que as pessoas se atropelem, e uma mulher grita, apontando uma outra:

– Aquela horrível criatura pisou em meu estômago!

Em Nova York, são quase oito horas e já circulam os jornais matutinos com enormes manchetes, como o *Herald's*:

O NOVO TITANIC BATE EM ICEBERG E PEDE AJUDA. NAVIOS CORREM EM SUA DIREÇÃO.

Os jornalistas esperam um comunicado do escritório local da WSL, na rua Broadway, 11. O Vice-Presidente Philip Franklin, desconhecendo que o navio está perdido, declara à imprensa que, mesmo batendo no gelo, ele pode flutuar indefinidamente. E acrescenta:

– Nós temos absoluta confiança no Titanic. Estamos certos de que é insubmergível.

6h15min

Troca de mensagens entre o Californian e o Birma.

6h30min

Recolhido o Dobrável C e Ismay trata de avisar a quem o ampara:

– Eu sou Ismay, eu sou Ismay.

Quem o ampara é o cirurgião de bordo, dr. McGhee.

– Gostaria de ir ao salão tomar uma sopa quente ou uma bebida?

– Não, não quero nada.

– Vá até lá – insiste o médico –, tome alguma coisa.

Ismay aparenta incontrolável nervosismo.

– Não. Se me deixar aqui sozinho, estarei melhor.

Em seguida, muda de idéia:

– Agradeceria se me conseguisse uma cabine onde possa ficar só.

– Por favor, vá até o salão.

– Prefiro ficar só.

O médico o conduz à sua própria cabine, e durante o resto da viagem Ismay não vai abandoná-la. Não come, não bebe, exceto água com calmantes, e receberá mais tarde uma única visita, a do jovem Jack Thayer.

6h55min

Recolhidos dez botes. Os passageiros do Carpathia colocam suas cabines à disposição dos náufragos.

7h10min

O Californian pede ao Mount Temple sua posição. Os navios estão à vista um do outro, a oeste do campo gelado, mas o cargueiro da Leyland Line está mais próximo da zona do naufrágio. Ambos procuram passagens em meio ao gelo.

7h30min

Do Virginian para o Californian:
Quando você chegar ao local, por favor, relate em pormenores o que aconteceu.

Em Nova York, já na metade da manhã, acorrem ao escritório da WSL, ansiosos por notícias, familiares e amigos das vítimas, como a esposa de Benjamin Guggenheim, o pai de Madeleine Astor e J. P. Morgan Jr., além de centenas de pessoas desconhecidas. Todos são recebidos com notícias tranqüilizadoras: não há motivo algum para preocupação, o Titanic não afunda, e na remota eventualidade de afundar, é certo que isto só lhe acontecerá após flutuar dois ou três dias.

À tarde, aparecerá nas ruas um *banner* do *Evening Sun*:

TODOS SALVOS NO TITANIC APÓS A COLISÃO

Anuncia que os passageiros foram transferidos para o Parisian e para o Carpathia, e que o navio está sendo rebocado para Halifax pelo Virginian. Enquanto a notícia merece crédito, a carga do Titanic é ressegurada – de 50 para 60% de seu valor – e as ações da empresa de Marconi têm o preço quadruplicado.

7h55min

À meia força, o Californian começa a cruzar o campo de gelo.

8h15min

Os náufragos estão a salvo no Carpathia, exceto os do Standard 12, onde Gracie em vão tenta reanimar um moribundo. No resgate do 6, minutos antes, a tripulação não queria aceitar a bordo o cão de Elizabeth Rothschild, mas teve de ceder, a mulher só se dispunha a subir se o animal a acompanhasse. No convés, corpos de pessoas que morreram durante a madrugada. Os cirurgiões, na enfermaria, assistem os sobreviventes. As pernas do tenista Richard são consideradas mortas, devido à excessiva imersão na água gelada, e é prescrita a amputação. Ele se opõe. Entrementes, a polonesa Leah Aks, agoniada, procura seu bebê, e o descobre nos braços da italiana Argenia del Carlo. Tenta retomá-lo, a outra alega que o filho é seu.

8h20min

A tripulação do Californian murmura contra o Capitão Lord, por não ter mandado despertar o telegrafista quando soube dos foguetes.

8h30min

Chega o Californian, afinal, e já não há o que fazer. O Capitão Lord vê no mar pedaços de tábuas brancas, cadeiras de convés, almofadas, tapetes e coletes. Aos poucos, aproximam-se outros navios, entre eles o Birma.

Recolhido o Standard 12, encerrado o trabalho de resgate. Lightoller é o último a subir no Carpathia. Três homens já estão mortos e um quarto vai morrer por volta das 10h. Gracie, comovido, ajoelha-se e beija o piso do navio. Jack Thayer vê a mãe no convés e corre ao seu encontro. Abraçam-se, choram, e a sra. Thayer pergunta:

– Onde está papai?

– Não sei, mamãe – responde o jovem, num murmúrio.

Raros são os ruídos no convés do navio. Os náufragos já não falam, parecem não compreender o que lhes aconteceu. O silêncio é quebrado por uma menina que grita:

– Ai, mamãe, ai, mamãe, eu estou doente!

O navio se movimenta. Em rápida busca às imediações, encontra apenas o corpo de um homem com um sobretudo, que deriva lentamente para o sul. O Major Peuchen estranha, pois, vivos ou mortos, todos deveriam flutuar. Ao mesmo tempo, vê na superfície grande quantidade de cortiça: o tecido dos coletes não resistiu à baixa temperatura da água.

8h35min

O Mount Temple ouve o Carpathia reportar que recolheu 20 botes[63]. Quando o navio passa pela área dos destroços, procede-se a um serviço religioso, tributado àqueles que já não vivem.

8h50min

Começa a viagem para Nova York.

---

63. Recolheu todos os náufragos e 19 botes, pois o Dobrável A, abandonado no mar, será encontrado dias depois pelo Oceanic.

IV

8h50min

Do Baltic para o Carpathia:

Posso auxiliar, recolhendo passageiros. Estaremos no local dentro de quatro horas e meia. Apreciaria saber se houve mudança em sua posição.

O Carpathia agradece, o auxílio já não é necessário, e o Baltic avisa que segue para Liverpool.

Nas horas seguintes, um comitê dos sobreviventes recolherá milhares de dólares para doar ao Capitão Rostron e seus subordinados.

9h05min

O Mount Temple retoma seu curso original, após ouvir do Carpathia que já não precisa permanecer à escuta.

9h35min

Através da estação Marconi da ilha de Sable, o Olympic, muito distante, envia mensagem à WSL em Nova York:

Sem comunicação com o Titanic desde 1:37h.

9h45min

Do Carpathia para o Baltic:

Seguimos na direção de Halifax ou Nova York a toda velocidade, com 800 sobreviventes. Você faz bem em seguir para Liverpool.

9h50min

Do Carpathia para o Virginian:

Seguimos viagem com 800 sobreviventes. Por favor, retome seu curso para o norte.

A polonesa apela ao Capitão Rostron, que convoca as mulheres ao seu alojamento, solicitando a cada uma provas da identidade da criança. Frank Philip traz um sinal de nascença que apenas a verdadeira mãe conhece. Segundo outra versão, o bebê é circuncidado. A italiana, pressionada, devolve a criança.

Do relato da menina Ruth Becker:

> *A mulher alemã encontrou seu bebê. Nunca vi em minha vida alguém tão feliz quanto ela ficou naquele momento.*

Cottam, que agora tem a companhia de Bride no aparelho, passa a ignorar as mensagens que tratam do acidente, alegadamente por ordem do capitão, que manda priorizar as notícias dos náufragos às suas famílias. Notícias que, misteriosamente, só chegarão dias depois.

12h10min
O Frankfurt chega à zona do naufrágio.

16h
Em horário impreciso, no meio da tarde, mensagem de Ismay para Philip Franklin, em Nova York:

> *Com profundo pesar comunico que Titanic naufragou nesta manhã, após colisão com iceberg, do que resultou severa perda de vidas. Informações completas mais tarde.*

Outro mistério: a mensagem não é enviada de imediato, ainda que autorizada pelo Capitão Rostron, e só o será na quarta-feira, dia 17, sendo recebida no mesmo dia por Franklin, às 9h da manhã.

Os corpos a bordo, entre eles o de Phillips e o do russo David Livshin, são sepultados no mar. Os náufragos, agora, já percebem a grandeza do drama de que são personagens, e se desesperam.

Do relato de Carla Andersen-Jensen:

> *Aquelas horas a bordo do Carpathia foram terríveis. Algumas mulheres soluçavam, outras olhavam para longe, com um olhar perdido, e outras ainda vagavam pelo convés gritando os nomes de seus maridos. E enquanto isso, víamos corpos enrolados em lonas sendo atirados ao mar.*

18h16min (horário de Nova York)

Recebida pela WSL norte-americana a primeira mensagem que dá conta do que realmente aconteceu. Vem do Capitão Haddock, do Olympic, e põe termo às esperanças de que o navio tenha resistido:

Carpathia chegou à posição do Titanic ao amanhecer. Encontrou apenas os botes e destroços. Titanic naufragou às 2h20min em 41°46'N – 50°14'O. Todos os botes recolhidos. Salvas 675 pessoas entre tripulantes e passageiros, a maioria mulheres e crianças. O vapor Californian, da Leyland Line, permanece na zona do naufrágio, investigando-a. Carpathia ruma para Nova York com sobreviventes. Por favor, informe a Cunard.

Enviada bem mais cedo pelo comandante do Olympic, demorou para chegar, mas jamais se descobrirá se o atraso foi intencional, relacionado com as manobras de ressegurar a carga.

Procurado pela imprensa, que desconfia do silêncio da companhia, Franklin declara:

– Senhores, lamento informar que o Titanic naufragou às 2h20min desta manhã.

Os jornais já sabem que os sobreviventes estão a caminho de Nova York, mas ignoram a extensão da tragédia, e suas manchetes denotam a estranheza que a mudez do vapor da Cunard suscita:

Evening Mail:

INDIGNAÇÃO PELO SILÊNCIO DO CARPATHIA

World:

CARPATHIA NÃO PERMITE QUE OS SEGREDOS DO TITANIC ESCAPEM PELO TELÉGRAFO

19h51min (horário de Nova York)

No escritório da Western Union, em Nova York, remetente não identificado redige telegrama endereçado à WSL na Inglaterra, informando que não houve perda de vidas no acidente e que o Titanic está sendo rebocado para Halifax. A Western Union expedirá o telegrama às 20h27min. Quando recebido na Inglaterra, a WSL o levará ao conhecimento do Board of Trade, em Londres. Jamais se descobrirá quem foi o criminoso remetente. O escritório da Western Union se localiza na rua Broadway, 11, isto é, no mesmo prédio onde funciona a sede norte-americana da WSL.

20h15min (horário de Nova York)

Nova declaração de Franklin à imprensa:
– Provavelmente, algumas vidas foram perdidas.

20h45min (horário de Nova York)

Outra:
– Estamos extremamente receosos de que tenha ocorrido uma severa perda de vidas – e pouco depois acrescenta que a perda foi "horrível".

22h30min (horário de Nova York)

Comenta-se que a WSL já dispõe de uma lista parcial de sobreviventes. O filho de Astor, Vincent, chega ao escritório da companhia e é recebido por Franklin em sua sala. Minutos depois retira-se, chorando. Um repórter, pressentindo o que aconteceu, telefona para W. H. Force, sogro de Astor, e revela em que condições viu Vincent sair do escritório.

– Oh, meu Deus! – grita o pai de Madeleine. – Não me diga isso! De onde você tirou essa história? Não é verdade! Não pode ser verdade!

23h55min (horário do navio)

Morre a bordo do Carpathia o marujo William Lyons, que fora retirado da água pelo Standard 4. Sepultado no mar.

16 de abril
Terça-feira

Nova comunicação da WSL ao Board of Trade, em Londres: pesarosa, a empresa admite a gravidade do acidente e o salvamento de menos de um terço das 2.227 pessoas que se encontravam a bordo.

17 de abril
Quarta-feira

Na data prevista para a chegada do Titanic a Nova York, a WSL freta o Mackay-Bennet, da Commercial Cable Co., para procurar corpos na zona do naufrágio.

18 de abril
Quinta-feira

5h30min (até o fim, horário de Nova York)

Belonaves da marinha norte-americana, enviadas pelo Presidente Taft, oferecem assistência ao Carpathia, que não responde.

20h12min

Mensagem da Estação Marconi de Sea Gate, em Long Island, para o telegrafista Bride:

Conserve a boca fechada. Guarde sua história, tudo está arranjado para que você ganhe um bom dinheiro. Faça seu melhor para ocultar-se.

20h30min

Novo telegrama da companhia Marconi para Bride:
Ajustada a troca de sua história por dólares de quatro dígitos. Sr. Marconi está de acordo. Não diga nada até falar comigo.
J. M. Sammis

Na sala de jantar do Carpathia, o menino Frank Goldsmith vê uma luz pela janela e diz ao fornalheiro Collins:

– Aquele navio quase bateu em nós.

– Não é luz de navio, Frankie, é a luz do porto. Estamos chegando em Nova York.

10.000 pessoas e dezenas de jornalistas esperam o Carpathia no porto, e 30.000 populares se distribuem pela margem do Rio Hudson.

20h37min

O navio ultrapassa o cais 54 da Cunard, sua companhia, e sobe o rio até o cais da WSL, onde vai arriar os botes que traz pendentes do costado. Os jornalistas, ansiosos por informações, fretam barcos para chegar perto do navio e fazem perguntas aos náufragos através de megafones.

21h

Um terceiro telegrama para Bride:
Vá ao Strand Hotel, rua West Fourteenth 503, encontrar-se com o sr. Marconi.

21h23min

De Marconi para o telegrafista Cottam:
Vá encontrar-se com o sr. Marconi e Sammis no Strand Hotel, rua West Fourteenth 503. Mantenha a boca fechada.
Marconi

21h30min

Retorna o Carpathia ao cais da Cunard para o desembarque dos 705 sobreviventes. Os imigrantes também vão desembarcar ali e não na ilha de Ellis, uma das raras ocasiões em que essa exigência do Serviço de Imigração será dispensada. A amante de Guggenheim, Ninette Aubart, ainda a bordo, telegrafa a Paris:

Eu me salvei. Ben desaparecido.

21h35min

Começa o tumultuado desembarque. O corretor William Sloper é assediado por jornalistas, como todos os náufragos, e recusa-se a dar entrevistas, reservando seu depoimento para o *New Britain Herald*, cujo editor é Jack Vance, seu amigo. Bride, por sua vez, vai vender sua história ao *New York Times* por 1.000 dólares. Cottam receberá do mesmo jornal 750 dólares pelo relato de sua participação.

Na confusão do cais, o cão de Elizabeth Rothschild morre sob as rodas de uma carruagem. O salvamento do animal no Standard 6 haverá de repercutir na imprensa, pois o marido de Elizabeth, Martin, não teve a mesma sorte.

19 de abril
Sexta-feira

Aberto no senado norte-americano o *United States Senate Inquiry*, sob a presidência do Senador William Smith. Serão ouvidas 82 pessoas.

Um repórter do *New York Herald*, desgostoso com Sloper, publica que ele conseguiu salvar-se porque se vestiu de mulher. Não é verdade, mas o corretor passará o resto de seus dias a defender-se da vil calúnia.

No cais da WSL, os funcionários trabalham afanosamente nos botes resgatados, lixando o nome *Titanic*.

20 de abril
Sábado

Em entrevista ao *Providence Journal*, nos Estados Unidos, Alfred Stead, irmão do jornalista William Stead, reclama das circunstâncias em que sobreviveu o diretor de operações da WSL:

A propósito do sr. Ismay, com que direito ele se salvou? Ele tinha na empresa um cargo mais alto do que o capitão do Titanic. Por que não permaneceu no navio, compartilhando o destino das vítimas dos erros da White Star Line? Se tivesse pulado na água, até poderia ser desculpado, mas ele ocupou num dos botes um lugar que certamente pertencia a mulheres e homens pelos quais sua empresa se responsabilizou.

O vapor Bremen passa pela zona do naufrágio e seus passageiros vêem corpos no mar.

– Vimos uma mulher vestindo apenas uma camisola e apertando um bebê contra o peito – dirá um deles.

Vêem também uma mulher abraçando um cãozinho, três homens segurando firmemente uma cadeira e outros doze agarrados uns aos outros.

21 de abril
Domingo

A WSL freta o Minia, da Anglo-American Telegraph Co., para o resgate dos corpos.

22 de abril
Segunda-feira

Lady Duff Gordon telegrafa à família para avisar que ela e o marido se salvaram.

24 de abril
Quarta-feira

Os fornalheiros do Olympic, que está de partida, entram em greve, reivindicando suficientes botes salva-vidas. 285 tripulantes desertam e a viagem é cancelada. O navio permanecerá seis meses fora de serviço, para ser equipado com 68 botes. Também serão procedidas alterações estruturais: com seis compartimentos de colisão inundados, o navio poderá flutuar.

25 de abril
Quinta-feira

Um membro do parlamento britânico, Josiah Wedgwood, interpela o Board of Trade. Ele quer saber por que morreram 65,38% das crianças da Terceira Classe.

26 de abril
Sexta-feira

O *New York Times* noticia que o cavalo Bess, pertencente a Isidor Strauss, deixou de viver na mesma noite em que morreu seu dono.

30 de abril
Terça-feira

Retorna o Mackay-Bennet. Encontrou 306 corpos, 190 recolhidos e 166 sepultados no mar, alguns identificados e outros sepultados sem identificação após minuciosa descrição do biótipo, indumentária e pertences. O quarto corpo resgatado é o de um bebê desconhecido, que comove a tripulação.

O capital não perde tempo: em dia incerto, ainda em abril, é lançado na Alemanha o primeiro filme sobre o naufrágio, *In nacht und eis* (Na noite e no gelo), em preto-e-branco, silencioso, dirigido por Mime Misu, com duração de 30 minutos. Atores: Waldemar Hecker, Otto Rippert e Ernst Rückert, entre outros.

2 de maio

Aberto em Londres, por ordem do Lorde-Chanceler, Conde de Loreburn, o *British Wreck Comissioner's Inquiry*, sob a presidência de Charles Bigham, Lorde Mersey, membro da Câmara dos Lordes. Serão ouvidas 96 pessoas, entre elas Lightoller, Ismay, Capitão Lord, Marconi, membros da tripulação, construtores do navio e inspetores do Board of Trade. Os únicos passageiros convidados a depor serão os menos aptos, Sir Cosmo e Lady Duff Gordon.

3 de maio

Retorna o Minia: 17 corpos, 15 recolhidos e dois sepultados no mar.

4 de maio

A tripulação do Mackay-Bennet acompanha o sepultamento do bebê desconhecido, que ela adotou, no Fairview Lawn Cemitery, em Halifax. No pequeno caixão, sobre o peito da criança, uma placa: "Our babe" (Nosso bebê). Os marujos se cotizam e erguem um monumento no túmulo.

6 de maio

Parte o Montmagny, do governo canadense, para o resgate dos corpos. Achará quatro: três recolhidos e um sepultado no mar.

11 de maio

O dr. Dodge profere palestra no Commonwealth Club de San Francisco, rememorando circunstâncias do desastre e seu salvamento.

14 de maio

Um mês após o naufrágio, estréia nos Estados Unidos, em preto-e-branco, silencioso, o filme *Saved from the Titanic*, dirigido por Étienne Arnaud, com duração de dez minutos e protagonizado pela atriz Dorothy Gibson, sobrevivente no Standard 7, que representa seu próprio papel.

15 de maio

A WSL freta o Algerine, de Bouring Brothers, para o resgate de corpos. Achará apenas um.
O total de corpos encontrados: 328.

25 de maio

Encerrado o inquérito norte-americano. Mais isento do que o britânico, responsabiliza principalmente o Capitão Smith, Ismay, Andrews e o Capitão Lord, do Californian, mas é prejudicado pela insistência em temas colaterais, como a constituição e o regime dos icebergs, e pela ignorância dos senadores em assuntos náuticos, incapazes de compreender questões singelas como, por exemplo, a diferença entre a numeração regulamentar dos botes salva-vidas e a ordem de arriamento.

12 de junho

Suspenso o resgate de corpos.

3 de julho

Encerrado o inquérito britânico, cujo maior cuidado é inocentar a White Star Line, o Capitão Smith e o Board of Trade. O Capitão Lord, do Californian, é considerado o maior culpado pela tragédia.

Lorde Mersey não percebeu, ou não quis perceber, que a lastimável omissão do comandante do Californian atuou sobre um efeito produzido por outrem. A condição necessária do naufrágio é o iceberg, sem o qual não ocorreria, mas sua causa principal passa ao longe do infortunado capitão, que ao agravar aquele efeito se identifica como causa meramente acessória, à semelhança dos oficiais Wilde, Murdoch e Lightoller, que podendo salvar até 1.178 pessoas nos botes, salvaram apenas 705. De resto, entre o Californian e o Titanic havia uma barreira de gelo.

Os culpados têm outros nomes.

Ainda em 1912

Aparecem diversas edições do romance de Morgan Robertson: *The wreck of the Titan, or Futility*, editado por McClure's Magazine, em Nova York, *Futility, or The wreck of the Titan*, editado por McKinlay, Stone & MacKenzie, na mesma cidade, e *Futility, or The wreck of the Titan*, em primeira edição britânica, lançado em Londres por Arthur F. Bird.

O tenista Richard (Dick) Williams, recuperado, vence o Aberto dos Estados Unidos – duplas mistas. De 1913 a 1926, ele participará da equipe norte-americana na Taça Davis.

As famílias Guggenheim, Astor e Widener pedem à empresa de salvamento Merritt & Chapman que descubra e traga à superfície os restos do Titanic. A empresa responde que, com os atuais recursos técnicos, não tem a mínima possibilidade de executar a ação.

O professor Beesley publica o livro *The loss of the Titanic*.

Com a saúde combalida pela noite em que permaneceu vários minutos na água gelada e longas horas num bote parcialmente submerso, morre em 4 de dezembro o Coronel Archibald Gracie. Em seus últimos momentos, delirando, ele repete inúmeras vezes:

– Preciso embarcá-los nos botes.

ROTAS DOS NAVIOS

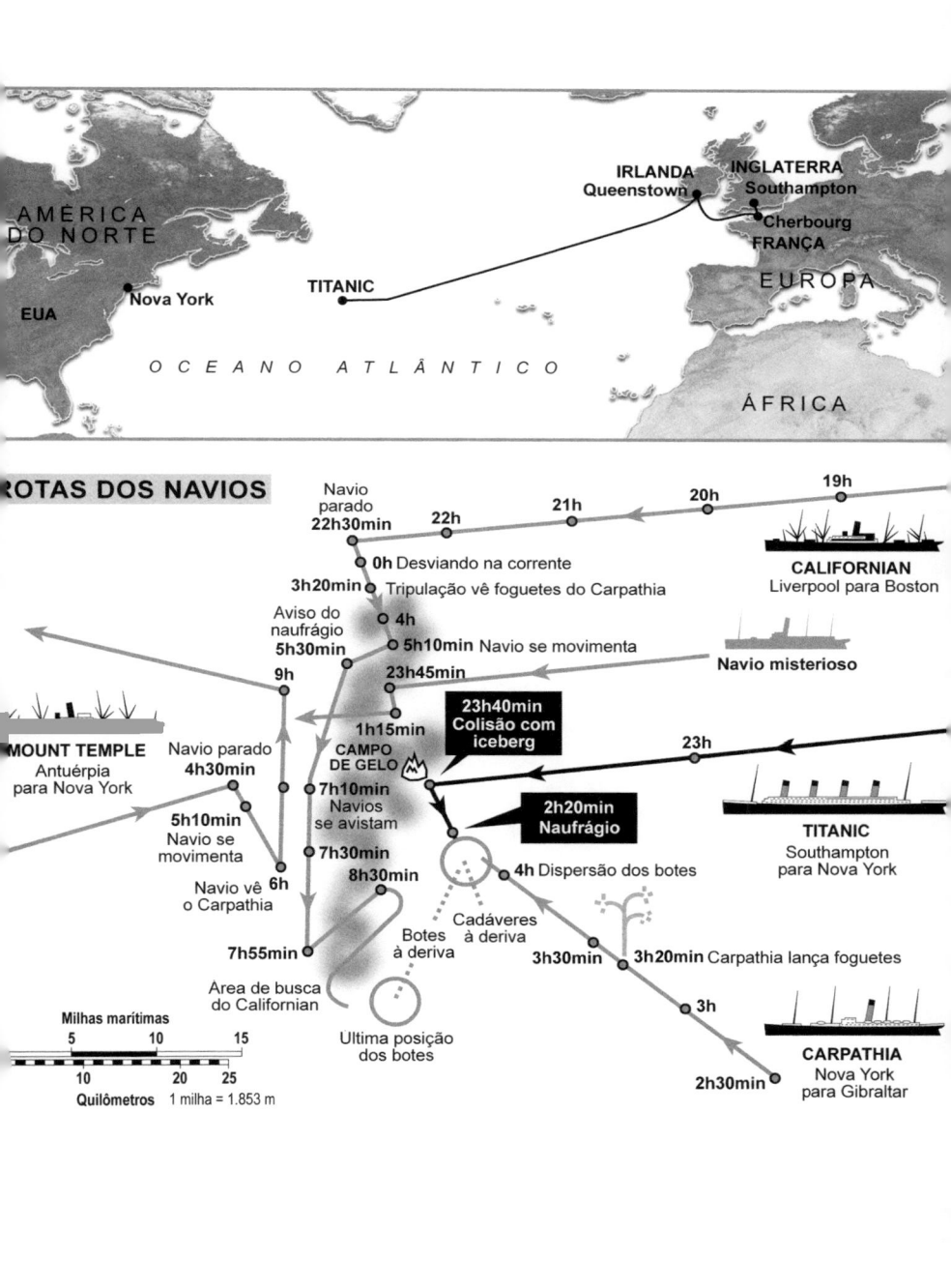

TITANIC — Southampton para Nova York
- 23h Titanic em rota
- 23h40min Colisão com iceberg
- 23h45min
- 1h15min CAMPO DE GELO
- 2h20min Naufrágio
- 4h Dispersão dos botes
- Cadáveres à deriva
- Botes à deriva
- Última posição dos botes

CALIFORNIAN — Liverpool para Boston
- 19h, 20h, 21h, 22h
- 22h30min Navio parado
- 0h Desviando na corrente
- 3h20min Tripulação vê foguetes do Carpathia
- 4h
- 5h10min Navio se movimenta
- 5h30min Aviso do naufrágio
- 9h
- Área de busca do Californian

Navio misterioso

MOUNT TEMPLE — Antuérpia para Nova York
- 4h30min Navio parado
- 5h10min Navio se movimenta
- 6h Navio vê o Carpathia
- 7h10min Navios se avistam
- 7h30min
- 7h55min
- 8h30min

CARPATHIA — Nova York para Gibraltar
- 2h30min
- 3h
- 3h20min Carpathia lança foguetes
- 3h30min

Milhas marítimas: 5 — 10 — 15
Quilômetros: 10 — 20 — 25
1 milha = 1.853 m

Mapa: AMÉRICA DO NORTE, EUA, Nova York — TITANIC — OCEANO ATLÂNTICO — IRLANDA (Queenstown), INGLATERRA (Southampton), Cherbourg FRANÇA, EUROPA, ÁFRICA

Apêndice

Recordes de velocidade na travessia do Atlântico
Antes da criação da Fita Azul em 1860

Direção Oeste-Leste

Ano	Vapor	Companhia	Nós p/h	Km p/h
1838	Sirius	British & American	7,31	13,54
1838	Great Western	Great Western Steamship	10,17	18,84
1840	Britannia	Cunard Line	10,98	20,34
1842	Great Western	Great Western Steamship	10,99	20,36
1843	Columbia	Cunard Line	11,11	20,58
1843	Hibermia	Cunard Line	11,80	21,86
1849	Canada	Cunard Line	12,38	22,94
1851	Pacific	Collins Line	13,03	24,14
1852	Artic	Collins Line	13,06	24,20
1856	Persia	Cunard Line	14,15	26,21

Direção Leste-Oeste

Ano	Vapor	Companhia	Nós p/h	Km p/h
1838	Sirius	British & American	8,03	14,87
1838	Great Western	Great Western Steamship	9,52	17,64
1841	Columbia	Cunard Line	9,78	18,12
1843	Great Western	Great Western Steamship	10,03	18,58
1845	Cambria	Cunard Line	10,71	19,84
1848	America	Cunard Line	11,71	21,69
1848	Europa	Cunard Line	11,79	21,84
1850	Asia	Cunard Line	12,25	22,69
1850	Pacific	Collins Line	12,46	23,08
1851	Baltic	Collins Line	13,04	24,16
1856	Persia	Cunard Line	13,11	24,29

Fita Azul até 1912

Direção Oeste-Leste

Ano	Vapor	Companhia	Nós p/h	Km p/h
1863	*Scotia*	Cunard Line	14,16	26,23
1869	*City of Brussels*	Inman Line	14,74	27,31
1873	*Baltic*	White Star Line	15,09	27,96
1875	*City of Berlin*	Inman Line	15,37	28,48
1876	*Germanic*	White Star Line	15,79	29,25
1876	*Britannic*	White Star Line	15,94	29,53
1879	*Arizona*	Guion Line	15,96	29,57
1882	*Alaska*	Guion Line	17,10	31,68
1884	*Oregon*	Guion Line	18,39	34,07
1885	*Etruria*	Cunard Line	19,36	35,87
1889	*City of Paris*	Inman & International	20,03	37,11
1892	*City of New York*	Inman & International	20,11	37,26
1893	*Campania*	Cunard Line	21,30	39,46
1894	*Lucania*	Cunard Line	22,00	40,76
1897	*Kaiser Wilhelm*	Norddeutscher Lloyd	22,33	41,37
1900	*Deutschland*	Hamburg-Amerika Linie	23,51	43,56
1904	*Kaiser Wilhelm II*	Norddeutscher Lloyd	23,58	43,69
1907	*Lusitania*	Cunard Line	23,61	43,74
1907	*Mauretania*	Cunard Line	26,25	48,64

Direção Leste-Oeste

Ano	Vapor	Companhia	Nós p/h	Km p/h
1863	Scotia	Cunard Line	14,46	26,79
1872	Adriatic	White Star Line	14,53	26,92
1872	Germanic	White Star Line	14,65	27,14
1875	City of Berlin	Inman Line	15,21	28,18
1876	Britannic	White Star Line	15,43	28,59
1877	Germanic	White Star Line	15,76	29,20
1882	Alaska	Guion Line	17,05	31,59
1884	Oregon	Guion Line	18,56	34,39
1885	Etruria	Cunard Line	18,73	34,70
1887	Umbria	Cunard Line	19,22	35,61
1888	Etruria	Cunard Line	19,56	36,24
1889	City of Paris	Inman & International	20,01	37,07
1891	Majestic	White Star Line	20,10	37,24
1891	Teutonic	White Star Line	20,35	37,70
1892	City of Paris	Inman & International	20,70	38,35
1893	Campania	Cunard Line	21,44	39,72
1894	Lucania	Cunard Line	21,81	40,41
1898	Kaiser Wilhelm	Norddeutscher Lloyd	22,29	41,30
1900	Deutschland	Hamburg-Amerika Linie	23,06	42,73
1902	Kronprinz Wilhelm	Norddeutscher Lloyd	23,09	42,78
1903	Deutschland	Hamburg-Amerika Linie	23,15	42,89
1907	Lusitania	Cunard Line	25,65	47,52
1909	Mauretania	Cunard Line	26,06	48,28

Último Jantar da Primeira Classe[1]

Consommé Olga

Ingredientes

1kg de carne moída, 200g de salsão moído, 200g de cebola moída, 200g de cebola em rodelas grelhadas, 12 claras, 200g de alho-poró, 2 colheres de sopa de ervas finas, sal e pimenta-do-reino ao gosto.

Modo de preparar

1. Misture todos os ingredientes, mexa bem até formar uma massa homogênea.
2. Leve ao fogo um caldeirão com 4l de água.
3. Quando estiver fervendo, coloque a mistura de carne e, sem mexer, deixe cozinhar por 4 ou 5h.
4. Coe em pano, tomando o cuidado de não misturar a massa de carne com o caldo.

Porções: 20 / *Preparo:* 5 horas

Salmão com molho *mousseline* e pepinos

Ingredientes

600g de filé de salmão fresco e limpo, 1 talo de salsão, 1 cebola média picada, 1 colher de sopa de alho-poró picado, ½ cenoura média picada, 600ml de caldo de peixe, sal ao gosto, 10 grãos inteiros de pimenta-do-reino preta, 300g de pepino fres-

---

[1]. Receitas elaboradas e apresentadas pelo Hotel Hilton, em São Paulo, de acordo com ARCHBOLD, Rick & McCAULEY, Dana. *The last dinner on the Titanic*, e mediante consulta a BICKEL, Walter. *Hering's dictionary of classical and modern cookery*, 1937, conf. *Zero Hora*. Porto Alegre, 27 mar. 1998. Suplemento Gastronomia.

co em bolinhas, 40g de manteiga fresca, 15ml de vinho branco, 200ml de molho *hollandaise* e 100ml de *chantilly*.

Como preparar
1. Corte os filés de salmão em pedaços de 150g.
2. Prepare as bolinhas de pepino e as afervente com sal.
3. Aqueça o caldo de peixe, acrescente o salmão e leve ao fogo médio.
4. Quando estiver totalmente cozido, porém firme, desligue o fogo e retire o salmão.
5. Coloque os pedaços de salmão em uma assadeira untada.
6. Coloque o molho *hollandaise*, misturado com o *chantilly*, em cima de cada unidade e leve para gratinar até ficar dourado.
7. Salteie (passe rapidamente) as bolinhas de pepino na manteiga com vinho branco.
8. Monte o prato com o salmão gratinado.

Ingredientes do molho hollandaise
120g de manteiga sem sal, 3 gemas, 2 colheres de sopa de suco de limão, ½ colher de chá de sal, pimenta-do-reino.

Como preparar
1. Numa panela, esquente a manteiga até ficar bem quente, sem queimar.
2. Coloque as gemas e os temperos no liquidificador, tampe e bata, aumentando a velocidade até alcançar a máxima.
3. Destampe e acrescente, lentamente, a manteiga quente.
4. O molho vai ficando espesso aos poucos.

Porções: 12 / *Preparo:* 40 minutos

Frango salteado com molho *lyonnaise*

Ingredientes
6 filés de peito de frango, ⅓ de xícara de farinha de trigo,

2 ovos, 3 colheres de sopa de azeite de oliva, 2 cebolas fatiadas, 1 dente de alho, $1/3$ de xícara de vinho branco, 1 xícara de caldo de galinha, 2 colheres de sopa de molho de tomate, sal e pimenta-do-reino.

Como preparar
1. Tempere os filés de frango com sal e pimenta.
2. Passe-os no ovo batido e, depois, na farinha de trigo.
3. Doure o frango em duas colheres de sopa de óleo.
4. Leve ao forno para terminar o cozimento.
5. Aqueça o restante do óleo e adicione a cebola e o alho, até que a cebola fique transparente.
6. Adicione vinho branco e mexa para incorporar o molho.
7. Coloque o molho de tomate, o caldo de galinha e 1 pitada de açúcar.
8. Disponha os filés no prato e cubra-os com o molho.

Porções: 6 / *Preparo:* 40 minutos

Pudim inglês Waldorf

Ingredientes
2 maçãs verdes descascadas, 1 colher de sopa de manteiga, $1/3$ de xícara de açúcar, ½ xícara de passas brancas, 1 colher de sopa de suco de limão, ½ colher de sobremesa de gengibre picado, 2 xícaras de leite, 4 gemas, 1 pitada de noz-moscada, 1 colher de chá de essência de baunilha e manteiga para untar.

Como preparar
1. Corte as maçãs em fatias finas.
2. Numa frigideira, derreta a manteiga e cozinhe as maçãs por um minuto.
3. Acrescente o açúcar, mexendo por 3 minutos, para que as maçãs fiquem carameladas.

4. Unte 6 forminhas individuais e distribua, no fundo e nas laterais delas, as fatias de maçã.

5. À parte, misture as passas, o suco de limão e o gengibre. Reserve.

6. Aqueça um pouco de leite, sem deixar ferver. Acrescente as gemas batidas e misture até ficar bem homogêneo.

7. Coloque o leite restante, a noz-moscada e a baunilha.

8. Leve ao forno, em banho-maria, por cerca de 45 minutos ou até que o creme esteja firme como um pudim.

9. Sirva com molho de baunilha ou de chocolate.

Porções: 6 / *Preparo:* 1 hora

Arriamento dos botes[2]

Bote	Costado	Comando embarque	Hora arriamento	Comando do bote	Lotação segura	Tripulantes	Homens	Mulheres e crianças	Total
Standard 7	Estibordo	Murdoch	00:45	Hogg	65	3	13	12	28
Standard 6	Bombordo	Lightoller	00:55	Hichens	65	2	2	24	28
Standard 5	Estibordo	Murdoch	00:55	Pitman	65	3	14	24	41
Standard 3	Estibordo	Murdoch	01:00	Moore	65	10	14	25	49
Cúter 1	Estibordo	Murdoch	01:10	Symons	40	7	3	2	12
Standard 8	Bombordo	Lightoller	01:10	Jones	65	4	0	35	39
Standard 10	Bombordo	Lightoller	01:20	Buley	65	5	3	47	55
Standard 9	Estibordo	Murdoch	01:20	Haines	65	8	9	40	57
Standard 12	Bombordo	Lightoller	01:25	Clench	65	2	1	40	43
Standard 11	Estibordo	Murdoch	01:25	Humphreys	65	9	3	58	70
Standard 14	Bombordo	Lightoller	01:25	Lowe	65	8	3	52	63
Standard 13	Estibordo	Murdoch	01:35	Barrett	65	6	15	43	64
Standard 15	Estibordo	Murdoch	01:35	Dymond	65	5	24	41	70

2. O número total dos ocupantes dos botes supera o dos efetivos sobreviventes, devido às inúmeras mortes ocorridas durante a madrugada, às transferências, no mar, de pessoas de um bote para outro, e informações desencontradas prestadas pelas mesmas.

Standard 16	Bombordo	Lightoller	01:35	Bailey	65	6	1	49	56
Dobrável C	Estibordo	Murdoch	01:40	Rowe	47	5	12	52	69
Cúter 2	Bombordo	Lightoller	01:45	Boxhall	40	4	3	19	26
Standard 4	Bombordo	Lightoller	01:55	Perkis	65	7	0	33	40
Dobrável D	Bombordo	Lightoller	02:05	Bright	47	3	4	37	44
Dobrável A	Estibordo	3	02:15		47				24
Dobrável B	Bombordo		02:15		47				30

---

3. Os botes dobráveis A e B, arrastados pelas ondas que invadiram o convés, foram ocupados já na água.

Sobreviventes[4]

Cúter 1

Nome	Idade	Classe	Nacionalidade	Embarque	Profissão	Falecimento
COLLINS, Samuel	35	Tripulante	Britânico	Southampton	C. de máquinas	?
DUFF GORDON, Cosmo Edmund	49	Primeira	Britânico	Cherbourg	Rendas	1931
DUFF GORDON, Lucy Christiana	48	Primeira	Britânica	Cherbourg	Alta-costura	1935
FRANCATELLI, Laura Mabel	31	Primeira	Britânica	Cherbourg	Secretária	1967
HENDRICKSON, Charles George	29	Tripulante	Britânico	Southampton	C. de máquinas	?
HORSWILL, Albert Edward James	33	Tripulante	Britânico	Southampton	Marujo	1962
PUSEY, Robert William	24	Tripulante	Britânico	Southampton	C. de máquinas	1918
SALOMON, Abraham Lincoln	43	Primeira	N. Americano	Cherbourg	Empresário	1959
SHEATH, Frederick	20	Tripulante	Britânico	Southampton	C. de máquinas	1933
STENGEL, Charles Emil Henry	54	Primeira	N. Americano	Cherbourg	Empresário	1914
SYMONS, George Thomas	24	Tripulante	Britânico	Southampton	Vigia	?
TAYLOR, James	24	Tripulante	Britânico	Southampton	C. de máquinas	?

---

4. Relação incompleta.

Cúter 2

Nome	Idade	Classe	Nacionalidade	Embarque	Profissão	Falecimento
ALLEN, Elisabeth Walton	29	Primeira	N. Americana	Southampton		1967
BOXHALL, Joseph Groves	28	Tripulante	Britânico	Belfast	4º Oficial	1967
CORNELL, Malvina Helen	55	Primeira	N. Americana	Southampton		1941
COUTTS, Winnie "Minnie"	36	Terceira	Britânica	Southampton		1960
COUTTS, William Loch "Willie"	9	Terceira	Britânico	Southampton		1957
COUTTS, Neville Leslie	3	Terceira	Britânico	Southampton		1977
DOUGLAS, Mahala	48	Primeira	N. Americana	Cherbourg		1945
ELLIS, John Bertram	30	Tripulante	Britânico	Southampton	Cozinha	?
JOHNSTON, James	41	Tripulante	Britânico	Belfast	Garçom	?
KINK, Anton	29	Terceira	Austríaco	Southampton		1959
KINK-HEILMANN, Luise	26	Terceira	Alemã	Southampton		1979
KINK-HEILMANN, Luise	4	Terceira	Suíça	Southampton		1992
KREUCHEN, Emilie	29	Primeira	Alemã	Southampton	Doméstica	1971
LEROY, Berthe	27	Primeira	Francesa	Cherbourg	Doméstica	1972
MADILL, Georgette Alexandra	16	Primeira	N. Americana	Southampton		1974
OSMAN, Frank	28	Tripulante	Britânico	Southampton	Marujo	?
ROBERT, Elisabeth Walton	43	Primeira	N. Americana	Southampton	Rendas	1956

Standard 3

Nome	Idade	Classe	Nacionalidade	Embarque	Profissão	Falecimento
ANDERSON, Harry	47	Primeira	Britânico	Southampton	Corretor	1951
ANDERSON, James	40	Tripulante	Britânico	Southampton	Marujo	?
BINSTEAD, Walter	19	Tripulante	Britânico	Southampton	C. de máquinas	?
BURNS, Elizabeth Margaret	41	Primeira	N. Americana	Cherbourg	Enfermeira	?
CARDEZA, Charlotte Wardle	58	Primeira	N. Americana	Cherbourg	Rendas	1939
CARDEZA, Thomas Martínez	36	Primeira	N. Americano	Cherbourg	Rendas	1952
DANIEL, Robert Williams	27	Primeira	N. Americano	Southampton	Banqueiro	1940
DAVIDSON, Orian	27	Primeira	Canadense	Cherbourg		1969
DICK, Albert Adrian	31	Primeira	Canadense	Southampton	Empresário	1970
DICK, Vera	17	Primeira	N. Americana	Southampton		1973
GRAHAM, Edith	59	Primeira	N. Americana	Southampton		1924
GRAHAM, Margaret Edith	19	Primeira	N. Americana	Southampton		1976
HAGGAN, John	35	Tripulante	Britânico	Belfast	C. de máquinas	1952
HARPER, Henry Sleeper	48	Primeira	N. Americano	Cherbourg	Empresário	1944
HARPER, Myna	49	Primeira	N. Americana	Cherbourg		1923
HASSAB, Hammad	27	Primeira	Egípcio	Cherbourg	Doméstico	?
HAWKSFORD, Walter James	45	Primeira	Britânico	Southampton	Exportador	1922
HAYS, Clara Jennings	52	Primeira	N. Americana	Southampton		1955
LESUEUR, Gustave J.	35	Primeira	Francês	Cherbourg	Doméstico	?

LINDSAY, William Charles	30	Tripulante	Britânico	Southampton	C. de máquinas	?
MOORE, George Alfred	32	Tripulante	Britânico	Southampton	Marujo	1943
PERREAULT, Mary Anne	33	Primeira	Canadense	Southampton	Doméstica	1968
SAALFELD, Adolphe	47	Primeira	Alemão	Southampton	Industrial	1926
SHUTES, Elizabeth Weed	40	Primeira	N. Americana	Southampton	Governanta	1949
SIMONIUS-BLUMER, Alfons	56	Primeira	Suíço	Southampton	Banqueiro	1920
SPEDDEN, Frederic Oakley	45	Primeira	N. Americano	Cherbourg	Rendas	1947
SPEDDEN, Margaretta Corning	39	Primeira	N. Americana	Cherbourg		1950
SPEDDEN, Robert Douglas	6	Primeira	N. Americano	Cherbourg		1915
STÄHELIN-MAEGLIN, Max	32	Primeira	Suíço	Southampton	Advogado	1968
WARD, Annie Moore	38	Primeira	Britânica	Cherbourg	Doméstica	1955
WILSON, Helen Alice	31	Primeira	Britânica	Cherbourg	Doméstica	1939

Standard 4

Nome	Idade	Classe	Nacionalidade	Embarque	Profissão	Falecimento
ASTOR, Madeleine	18	Primeira	N. Americana	Cherbourg		1940
BIDOIS, Rosalie	46	Primeira	Britânica	Cherbourg	Doméstica	1938
BOWEN, Grace Scott	45	Primeira	N. Americana	Cherbourg	Governanta	1945
CARTER, Lucile	36	Primeira	N. Americana	Southampton		1934
CARTER, Lucile Polk	13	Primeira	N. Americana	Southampton		1962
CARTER, William Thornton II	11	Primeira	N. Americano	Southampton		1985
CHAFFEE, Carrie Constance	47	Primeira	N. Americana	Southampton		1931
CHAUDANSON, Victorine	36	Primeira	Francesa	Cherbourg	Doméstica	1962
CLARK, Virginia Estelle	26	Primeira	N. Americana	Cherbourg		1958
CUMINGS, Florence Briggs	35	Primeira	N. Americana	Cherbourg		1949
CUNNINGHAM, Andrew	35	Tripulante	Britânico	Belfast	Camareiro	?
ENDRES, Caroline Louise	39	Primeira	N. Americana	Cherbourg	Enfermeira	?
EUSTIS, Elizabeth Mussey	54	Primeira	N. Americana	Cherbourg		1936
FLEMING, Margaret	42	Primeira	N. Americana	Cherbourg	Doméstica	?
GIEGER, Amalie Henriette	35	Primeira	Alemã	Southampton	Doméstica	?
HEMMING, Samuel Ernest	43	Tripulação	Britânico	Belfast	Marujo	1928
HIPPACH, Ida Sophia	44	Primeira	N. Americana	Cherbourg		1940
HIPPACH, Jean Gertrude	17	Primeira	N. Americana	Cherbourg		1974

HOCKING, Elizabeth "Eliza"	54	Segunda	Britânica	Southampton		1914
HOCKING, Ellen "Nellie"	20	Segunda	Britânica	Southampton		1963
HÄMÄLÄINEN, Anna	23	Segunda	Finlandesa	Southampton		?
HÄMÄLÄINEN, Wiljo	8m	Segunda	Finlandês	Southampton		?
LYONS, William Henry	26	Tripulação	Britânico	Southampton	Marujo	1912
McCARTHY, William	47	Tripulação	Britânico	Southampton	Marujo	?
PERKIS, Walter John	37	Tripulação	Britânico	Belfast	Timoneiro	1954
RANGER, Thomas	29	Tripulação	Britânica	Southampton	C. de máquinas	1964
RICHARDS, Emily	24	Segunda	Britânica	Southampton		1972
RICHARDS, William Rowe	3	Segunda	Britânico	Southampton		1988
RICHARDS, Sibley George	9m	Segunda	Britânico	Southampton		1987
RYERSON, Emily Maria	48	Primeira	N. Americana	Cherbourg		1939
RYERSON, Emily Borie	18	Primeira	N. Americana	Cherbourg		1960
RYERSON, Susan Parker	21	Primeira	N. Americana	Cherbourg		1921
RYERSON, John Borie	13	Primeira	N. Americano	Cherbourg		1986
SERREPLAN, Auguste	30	Primeira	Francesa	Cherbourg	Doméstica	?
SIEBERT, Sidney Conrad	29	Tripulação	Britânico	Belfast	Camareiro	1912
STEPHENSON, Martha	52	Primeira	N. Americana	Cherbourg		1934
THAYER, Marian Longstreth	39	Primeira	N. Americana	Cherbourg		1944
WIDENER, Eleanor	50	Primeira	N. Americana	Southampton		1937

Standard 5

Nome	Idade	Classe	Nacionalidade	Embarque	Profissão	Falecimento
BECKWITH, Richard Leonard	37	Primeira	N. Americano	Southampton	Empresário	1933
BECKWITH, Sallie	46	Primeira	N. Americana	Southampton		1955
BEHR, Karl Howell	26	Primeira	N. Americano	Cherbourg	Tenista	1949
CALDERHEAD, Edward	42	Primeira	N. Americano	Southampton	Empresário	1961
CASSEBEER, Eleanor Genevieve	36	Primeira	N. Americana	Cherbourg		?
CHAMBERS, Norman Campbell	27	Primeira	N. Americano	Southampton	Engenheiro	1966
CHAMBERS, Bertha	32	Primeira	N. Americana	Southampton		1959
DALY, Peter Dennis	51	Primeira	Britânico	Southampton	Empresário	1932
DODGE, Ruth	34	Primeira	N. Americana	Southampton		1950
DODGE, Washington	4	Primeira	N. Americano	Southampton		1974
ETCHES, Henry Samuel	41	Tripulação	Britânico	Belfast	Camareiro	?
FLYNN, John Irwin	36	Primeira	N. Americano	Southampton	Empresário	?
FRAUENTHAL, Isaac Gerald	43	Primeira	N. Americano	Cherbourg	Advogado	1932
FRAUENTHAL, Henry William	49	Primeira	N. Americano	Southampton	Médico	1927
FRAUENTHAL, Clara	42	Primeira	N. Americana	Southampton		1943
FRÖLICHER, Hedwig Margaretha	22	Primeira	Suíça	Cherbourg		1972
FRÖLICHER-STEHLI, Maximilian	60	Primeira	Suíço	Cherbourg	Empresário	1913
FRÖLICHER-STEHLI, Margaretha	48	Primeira	Suíça	Cherbourg		1955

GOLDENBERG, Samuel L.	47	Primeira	N. Americano	Cherbourg	Empresário	1936
GOLDENBERG, Nella	40	Primeira	N. Americana	Cherbourg		1947
HARDER, George Achilles	25	Primeira	N. Americano	Cherbourg	Empresário	1959
HARDER, Dorothy	21	Primeira	N. Americana	Cherbourg		1926
KIMBALL, Edwin Nelson Jr.	42	Primeira	N. Americano	Southampton	Empresário	1927
KIMBALL, Gertrude	45	Primeira	N. Americana	Southampton		1962
NEWSOM, Helen Monypeny	19	Primeira	N. Americana	Southampton		1965
OLLIVER, Alfred	27	Tripulação	Britânico	Belfast	Timoneiro	1934
PITMAN, Herbert John	34	Tripulação	Britânico	Belfast	3º Oficial	1961
SILVERTHORNE, Spencer Victor	35	Primeira	N. Americano	Southampton	Empresário	1964
STENGEL, Annie May	44	Primeira	N. Americana	Cherbourg		1956
TAYLOR, Elmer Zebley	48	Primeira	N. Americano	Southampton	Industrial	1949
TAYLOR, Juliet Cummins	49	Primeira	N. Americana	Southampton		1927
WARREN, Anna Sophia	60	Primeira	N. Americana	Cherbourg		1925
ØSTBY, Helene Ragnhild	22	Primeira	N. Americana	Southampton		1978

Standard 6

Nome	Idade	Classe	Nacionalidade	Embarque	Profissão	Falecimento
BARBER, Ellen "Nellie"	26	Primeira	Britânica	Southampton	Doméstica	?
BAXTER, Hélène	50	Primeira	Canadense	Cherbourg		1923
BOWERMAN, Elsie Edith	22	Primeira	Britânica	Southampton		1973
BROWN, Margaret "Molly"	44	Primeira	N. Americana	Cherbourg	Rendas	1932
CANDEE, Helen Churchill	52	Primeira	N. Americana	Cherbourg	Escritora	1949
CAVENDISH, Julia Florence	25	Primeira	N. Americana	Southampton		1963
CHIBNALL, Edith Bowerman	48	Primeira	Britânica	Southampton	Rendas	1953
DOUGLAS, Mary Hélène	27	Primeira	Canadense	Cherbourg		1954
FLEET, Frederick	24	Tripulante	Britânico	Belfast	Vigia	1965
HICHENS, Robert	29	Tripulante	Britânico	Southampton	Timoneiro	1940
ICARD, Amelia	38	Primeira	Francesa	Southampton	Doméstica	?
LEENI, Fahim (Philip Zenni)	22	Terceira	Libanês	Cherbourg	Operário	1927
LINDSTRÖM, Sigrid	55	Primeira	Sueca	Cherbourg		1946
LURETTE, Eugenie Elise	59	Primeira	Francesa	Cherbourg	Doméstica	1940
MAYNÉ, Bertha Antonine	24	Primeira	Belga	Cherbourg	Cantora	1962
MEYER, Leila	25	Primeira	N. Americana	Cherbourg		1940

NEWELL, Marjorie Anne	23	Primeira	N. Americana	Cherbourg	Violinista	1992
NEWELL, Madeleine	31	Primeira	N. Americana	Cherbourg	Pianista	1969
PEUCHEN, Arthur Godfrey	52	Primeira	Canadense	Southampton	Major	1929
ROTHSCHILD, Elizabeth Jane	54	Primeira	N. Americana	Cherbourg		1943
SMITH, Mary Eloise	18	Primeira	N. Americana	Cherbourg		1940
SPENCER, Marie Eugenia	45	Primeira	N. Americana	Cherbourg		1913
STONE, Martha Evelyn	62	Primeira	N. Americana	Southampton		1924

Standard 7

Nome	Idade	Classe	Nacionalidade	Embarque	Profissão	Falecimento
BISHOP, Dickinson H.	25	Primeira	N. Americano	Cherbourg	Empresário	1961
BISHOP, Helen	19	Primeira	N. Americana	Cherbourg		1916
BLANK, Henry	39	Primeira	N. Americano	Cherbourg	Joalheiro	1949
CHEVRÉ, Paul Romaine Leónce	45	Primeira	Belga	Cherbourg	Escultor	1914
CROSBY, Catherine Elizabeth	64	Primeira	N. Americana	Southampton		1920
CROSBY, Harriette Rebecca	39	Primeira	N. Americana	Southampton	Musicista	1941
EARNSHAW, Olive	23	Primeira	N. Americana	Cherbourg	Rendas	1958
FLAGENHEIM, Antoinette	48	Primeira	Alemã	Cherbourg		?
GIBSON, Pauline Caroline	44	Primeira	N. Americana	Cherbourg		?
GIBSON, Dorothy Winifred	22	Primeira	N. Americana	Cherbourg	Atriz	1946
GIBSON, Pauline Caroline	44	Primeira	N. Americana	Cherbourg		?
GREENFIELD, Blanche	45	Primeira	N. Americana	Cherbourg		1936
GREENFIELD, William Bertram	23	Primeira	N. Americano	Cherbourg		1949
HAYS, Margaret Bechstein	24	Primeira	N. Americana	Cherbourg		1956
HOGG, George Alfred	29	Tripulação	Britânico	Belfast	Vigia	?
JEWELL, Archie	23	Tripulação	Britânico	Belfast	Vigia	1917
MARECHAL, Pierre	28	Primeira	Francês	Cherbourg	Aviador	?
McGOUGH, James Robert	35	Primeira	N. Americano	Southampton	Empresário	1937
NOURNEY, Alfred	20	Primeira	Alemão	Cherbourg	Rendas	1972

OMONT, Alfred Fernand	29	Primeira	Francês	Cherbourg	Empresário	1948
POTTER, Lily Alexenia	56	Primeira	N. Americana	Cherbourg		1954
SEWARD, Frederic Kimber	34	Primeira	N. Americano	Southampton	Advogado	1943
SLOPER, William Thompson	28	Primeira	N. Americano	Southampton	Corretor	1955
SNYDER, John Pillsbury	24	Primeira	N. Americano	Southampton		1959
SNYDER, Nelle	23	Primeira	N. Americana	Southampton		1983
TUCKER, Gilbert Milligan	31	Primeira	N. Americano	Cherbourg		1968
WELLER, William Henry	30	Tripulação	Britânico	Belfast	Marujo	1926

Standard 8

Nome	Idade	Classe	Nacionalidade	Embarque	Profissão	Falecimento
BAZZANI, Albina	36	Primeira	Italiana	Cherbourg	Doméstica	?
BESSETTE, Nellie Mayo	39	Primeira	?	Cherbourg	Doméstica	1944
BIRD, Ellen	31	Primeira	Britânica	Southampton	Doméstica	1949
BONNELL, Caroline	30	Primeira	N. Americana	Southampton		1950
BONNELL, Elizabeth	61	Primeira	Britânica	Southampton		1936
BUCKNELL, Emma Eliza	59	Primeira	N. Americana	Cherbourg		1927
CHERRY, Gladys	30	Primeira	Britânica	Southampton	Rendas	1965
CRAWFORD, Alfred	36	Tripulação	Britânico	Belfast	Camareiro	?
DANIELS, Sarah	33	Primeira	Britânica	Southampton	Doméstica	?
HOLVERSON, Mary Aline	35	Primeira	N. Americana	Southampton		1918
JONES, Thomas William	32	Tripulação	Britânico	Southampton	Marujo	1967
KENYON, Marion	31	Primeira	N. Americana	Southampton		1958
LEADER, Alice	49	Primeira	N. Americana	Southampton	Médica	1944
MAIONI, Roberta Elizabeth Mary	19	Primeira	Britânica	Southampton	Doméstica	1963
OLIVA Y OCANA, Doña Fermina	39	Primeira	Espanhola	Cherbourg	Doméstica	1969
PASCOE, Charles H.	43	Tripulação	Britânico	Southampton	Marujo	?
PEARS, Edith	22	Primeira	Britânica	Southampton		1956
P. Y CASTELLANA, Maria	22	Primeira	Espanhola	Cherbourg	Rendas	1972

ROTHES, Condessa de[5]	33	Primeira	Britânica	Southampton	1956
SWIFT, Margaret Welles	46	Primeira	N. Americana	Southampton	1948
TAUSSIG, Tillie	39	Primeira	N. Americana	Southampton	1957
TAUSSIG, Ruth	18	Primeira	N. Americana	Southampton	1925
WHITE, Ella	55	Primeira	N. Americana	Cherbourg	1942
WICK, Mary	45	Primeira	N. Americana	Southampton	1920
WICK, Mary Natalie	31	Primeira	N. Americana	Southampton	1944
WILLARD, Constance	21	Primeira	N. Americana	Southampton	1964
YOUNG, Marie Grice	36	Primeira	N. Americana	Cherbourg	1959

---

5. Lucy Noël Martha.

Standard 9

Nome	Idade	Classe	Nacionalidade	Embarque	Profissão	Falecimento
AUBART, Léontine Pauline	24	Primeira	Francesa	Cherbourg	Cantora	1964
BRERETON, George Andrew	37	Primeira	N. Americano	Southampton	Apostador	1942
BUSS, Kate	36	Segunda	Britânica	Southampton		1972
COLLETT, Sidney Clarence Stuart	25	Segunda	Britânico	Southampton		1941
HAINES, Albert M.	31	Tripulação	Britânico	Belfast	Suboficial	?
HERMAN, Jane	48	Segunda	Britânica	Southampton		1937
HERMAN, Alice	24	Segunda	Britânica	Southampton		1947
HERMAN, Kate	24	Segunda	Britânica	Southampton		1983
KELLY, Florence	45	Segunda	Britânica	Southampton		?
LINES, Elizabeth Lindsey	50	Primeira	N. Americana	Cherbourg		1942
LINES, Mary Conover	16	Primeira	N. Americana	Cherbourg		1975
McGOUGH, James R.	25	Tripulação	Britânico	Southampton	Marujo	?
NISKÄNEN, Juha	39	Terceira	Finlandês	Southampton		1927
PADRON MANENT, Julian	26	Segunda	Espanhol	Cherbourg	Motorista	1968
PALLAS Y CASTELLO, Emilio	29	Segunda	N. Americano	Cherbourg		1940
PETERS, William Chapman	26	Tripulação	Britânico	Southampton	Marujo	1948
PICKARD, Berk	32	Terceira	Polonês	Southampton	Operário	?
PINSKY, Rosa	32	Segunda	Polonesa	Southampton		?

REYNALDO, Encarnación	28	Segunda	Espanhola	Southampton		?
ROMAINE, Charles Hallace	45	Primeira	N. Americano	Southampton		1922
SMITH, Marion Elsie	39	Segunda	Britânica	Southampton		1940
STRANDÉN, Juho Niilosson	31	Terceira	Finlandês	Southampton		?
SÄGESSER, Emma	24	Primeira	Suíça	Cherbourg	Doméstica	1964
THRESHER, George Terrill	25	Tripulação	Britânico	Southampton	C. de máquinas	1939
TOOMEY, Ellen Mary	48	Segunda	Britânica	Southampton	Doméstica	1933
TROUT, Jessie L.	26	Segunda	N. Americana	Southampton		1930
WATT, Elizabeth Inglis	40	Segunda	Britânica	Southampton		1951
WATT, Robertha Josephine	12	Segunda	Britânica	Southampton		1993
WILHELMS, Charles	32	Segunda	Britânico	Southampton	Vidraceiro	?
WRIGHT, Marion	26	Segunda	Britânico	Southampton	Fruticultor	1965
WYNN, Walter	41	Tripulação	Britânico	Belfast	Timoneiro	?

Standard 10

Nome	Idade	Classe	Nacionalidade	Embarque	Profissão	Falecimento
ABELSON, Sra.	28	Segunda	Francesa	Cherbourg		?
ANDREWS, Kornelia	62	Primeira	N. Americana	Cherbourg	Administradora	1913
BALL, Ada E.	36	Segunda	Britânica	Southampton	Missionária	1967
BULEY, Edward	27	Tripulante	Britânico	Southampton	Marujo	1917
DEAN, Eva Georgetta	32	Terceira	Britânica	Southampton		1975
DEAN, Bertram Vere	1	Terceira	Britânico	Southampton		1992
DEAN, Elizabeth "Millvina"[6]	2m	Terceira	Britânica	Southampton		
DREW, Lulu Thorne	34	Segunda	N. Americana	Southampton		1970
DREW, Marshall Brines	8	Segunda	N. Americana	Southampton		1986
EVANS, Frank Oliver	27	Tripulação	Britânico	Southampton	Marujo	?
FORTUNE, Mary	60	Primeira	Canadense	Southampton		1929
FORTUNE, Ethel Flora	28	Primeira	Canadense	Southampton		1961
FORTUNE, Alice Elizabeth	24	Primeira	Canadense	Southampton		1961
FORTUNE, Mabel Helen	23	Primeira	Canadense	Southampton		1968
HOGEBOOM, Anna Louisa	51	Primeira	N. Americana	Cherbourg	Rendas	1947
HOLD, Annie Margaret	29	Segunda	Britânica	Southampton		1960
HOSONO, Masabumi	41	Segunda	Japonês	Southampton	Func. público	1939

6. Ver nota 46, p. 91.

KEANE, Nora Agnes	46	Segunda	Irlandesa	Queenstown		1944
KREKORIAN, Neshan	25	Terceira	Arménio	Cherbourg	Trab. rural	1978
LONGLEY, Gretchen Fiske	21	Primeira	N. Americana	Cherbourg		1965
LUNDIN, Olga Elida	23	Segunda	Sueca	Southampton		1973
MALLET, Antonine Marie	24	Segunda	Francesa	Cherbourg		1974
MALLET, André Clement	1	Segunda	Canadense	Cherbourg		1973
MARVIN, Mary Carmichael	18	Primeira	N. Americana	Southampton		1975
SINKKONEN, Anna	30	Segunda	Finlandesa	Southampton	Doméstica	?
THORNEYCROFT, Florence	32	Terceira	Britânica	Southampton		?
WARE, Florence Louise	31	Segunda	Britânica	Southampton		1973
WEISZ, Mathilde Françoise	37	Segunda	Belga	Southampton		1953
WEST, Ada Mary	33	Segunda	Britânica	Southampton		1953
WEST, Constance Mirium	4	Segunda	Britânica	Southampton		1963
WEST, Barbara Joyce[7]	10m	Segunda	Britânica	Southampton		

---

7. Ver nota 47, na p. 91.

Standard 11

Nome	Idade	Classe	Nacionalidade	Embarque	Profissão	Falecimento
AKS, Frank Philip	10m	Terceira	Polonês	Southampton		1991
ALLISON, Hudson Trevor	11m	Primeira	Canadense	Southampton		1929
ANGLE, Florence Agnes	36	Segunda	Britânica	Southampton		1969
BECKER, Nellie E.	35	Segunda	Britânica	Southampton		1961
BECKER, Marion Louise	4	Segunda	Britânica	Southampton		1944
BECKER, Richard F.	1	Segunda	Britânico	Southampton		1975
BRICE, Walter T.	42	Tripulação	Britânico	Southampton	Marujo	?
BROWN, Amelia Mary	18	Segunda	Britânica	Southampton	Cozinheira	1976
CLEAVER, Alice Catherine	22	Primeira	Britânica	Southampton	Babá	1984
DE MULDER, Theodoor	30	Terceira	Belga	Southampton	Trab. rural	1954
DEL CARLO, Argenia	24	Segunda	Italiana	Cherbourg		1970
FAULKNER, William Stephen	37	Tripulação	Britânico	Belfast	Garçom	?
HANSEN, Jennie Louise	45	Terceira	N. Americana	Southampton		1952
HARDWICK, Reginald	21	Tripulação	Sul-africano	Southampton	Cozinheiro	1918
HARPER, Annie Jessie	6	Segunda	Britânica	Southampton		1986
HUMPHREYS, Sidney James	48	Tripulação	Britânico	Southampton	Timoneiro	?
JERWAN, Marie Marthe	23	Segunda	Suíça	Cherbourg		1974
LEITCH, Jessie Wills	31	Segunda	Britânica	Southampton		1963

MACKAY, Charles Donald	34	Tripulação	Britânico	Belfast	Garçom	?
McMICKEN, Arthur	23	Tripulação	Britânico	Belfast	Garçom	?
MOCK, Philipp Edmund	30	Primeira	N. Americano	Cherbourg	Estudante	1951
NYE, Elizabeth	29	Segunda	Britânica	Southampton		1963
PHILLIPS, Kate Florence	19	Segunda	Britânica	Southampton		1958
QUICK, Jane	33	Segunda	Britânica	Southampton		1965
QUICK, Winifred Vera	8	Segunda	Britânica	Southampton		2002
QUICK, Phyllis May	2	Segunda	Britânica	Southampton		1954
ROBINSON, Annie	40	Tripulação	Britânica	Southampton	Camareira	1914
ROSENBAUM, Edith Louise	34	Primeira	N. Americana	Cherbourg	Jornalista	1975
SAP, Julius	21	Terceira	Belga	Southampton	Trab. rural	1966
SCHABERT, Emma	35	Primeira	N. Americana	Cherbourg		1961
SCHEERLINCK, Jean	29	Terceira	Belga	Southampton	Trab. rural	1956
SILVEY, Alice	39	Primeira	N. Americana	Cherbourg		1958
SINCOCK, Maude	20	Segunda	Canadense	Southampton		1984
WHEAT, Joseph Thomas	29	Tripulação	Britânico	Belfast	Camareiro	?
WHEELTON, Edneser Edward	29	Tripulação	Britânico	Belfast	Garçom	1949

Standard 12

Nome	Idade	Classe	Nacionalidade	Embarque	Profissão	Falecimento
BENTHAM, Lilian W.	19	Segunda	N. Americana	Southampton		1977
BRYHL, Dagmar Jenny Ingeborg	20	Segunda	Sueca	Southampton		1969
CHRISTY, Alice Francês	45	Segunda	Britânica	Southampton		1939
CHRISTY, Rachel Julie Cohen	25	Segunda	Britânica	Southampton		1931
CLENCH, Frederick	34	Tripulação	Britânico	Southampton	Marujo	?
COHEN, Gurshon	18	Terceira	Britânico	Southampton	Impressor	1978
CRIBB, Laura Mae	16	Terceira	N. Americana	Southampton	Comerciária	1974
DURAN Y MORE, Florentina	30	Segunda	Espanhola	Cherbourg		1959
DURAN Y MORE, Asunción	27	Segunda	Espanhola	Cherbourg		?
GARSIDE, Ethel	34	Segunda	Britânica	Southampton	Enfermeira	1934
JACOBSOHN, Amy Frances	24	Segunda	Britânica	Southampton		1947
KANTOR, Miriam	24	Segunda	Russa	Southampton		?
LEHMANN, Bertha	17	Segunda	Suíça	Cherbourg	Garçonete	1967
PARRISH, Lutie Davis	59	Segunda	Britânica	Southampton		1930
PHILLIPS, Alice Frances Louisa	21	Segunda	Britânica	Southampton		1916
POINGDESTRE, John Thomas	33	Tripulação	Britânico	Southampton	Marujo	?
RUGG, Emily	21	Segunda	Britânica	Southampton		1958
SHELLEY, Imanita Parrish	25	Segunda	N. Americana	Southampton		?
WEBBER, Susan	37	Segunda	Britânica	Southampton		1952

Standard 13

Nome	Idade	Classe	Nacionalidade	Embarque	Profissão	Falecimento
AKS, Leah	18	Terceira	Polonesa	Southampton		1967
ASPLUND, Johan Charles	23	Terceira	Sueco	Southampton		1943
BARRETT, Frederick	28	Tripulação	Britânico	Southampton	C. de máquinas	?
BEANE, Edward	32	Segunda	Britânico	Southampton	Pedreiro	1948
BEANE, Ethel	19	Segunda	Britânica	Southampton		1963
BEAUCHAMP, George	24	Tripulação	Britânico	Southampton	C. de máquinas	?
BECKER, Ruth Elizabeth	12	Segunda	Britânica	Southampton		1990
BEESLEY, Lawrence	34	Segunda	Britânico	Southampton	Professor	1967
BRADLEY, Bridget Delia	22	Terceira	Irlandesa	Queenstown		1956
BUCKLEY, Daniel	21	Terceira	Irlandês	Queenstown	Trab. rural	1918
CALDWELL, Albert Francis	26	Segunda	N. Americano	Southampton	Professor	1977
CALDWELL, Sylvia Mae	28	Segunda	N. Americana	Southampton	Professora	1965
CALDWELL, Alden Gates	10m	Segunda	N. Americano	Southampton		1992
CONNOLLY, Kate	23	Terceira	Irlandesa	Queenstown		1948
DAVIS, Mary	28	Segunda	Britânica	Southampton		1987
DE MESSEMAEKER, Anna	36	Terceira	Belga	Southampton		1918
DODGE, Washington	52	Primeira	N. Americano	Southampton	Banqueiro	1919
DOWDELL, Elizabeth	31	Terceira	N. Americana	Southampton	Governanta	1962
EMANUEL, Virginia Ethel	5	Terceira	N. Americana	Southampton		1972

FOO, Choong	32	Terceira	Chinês	Southampton	Marujo	?
GLYNN, Mary Agatha	19	Terceira	Irlandesa	Queenstown		1955
HEWLETT, Mary Dunbar	56	Segunda	Britânica	Southampton		1917
HOPKINS, Robert John	40	Tripulação	Britânico	Southampton	Marujo	1943
JOHANNESEN, Bernt Johannes	29	Terceira	Norueguês	Southampton	Marujo	1963
KARLSSON, Einar Gervasius	21	Terceira	Sueco	Southampton	Soldado	1958
LANDERGREN, Aurora Adelia	22	Terceira	Sueca	Southampton		1947
LEE, Reginald Robinson	41	Tripulação	Britânico	Southampton	Vigia	1913
MADSEN, Fridtjof Arne	24	Terceira	Norueguês	Southampton	Marujo	1972
McDERMOTT, Bridget Delia	31	Terceira	Irlandesa	Queenstown		1959
McGOVERN, Mary	22	Terceira	Irlandesa	Queenstown		1957
NILSSON, Helmina Josefina	26	Terceira	Sueca	Southampton		1971
NYSTEN, Anna Sofia	22	Terceira	Sueca	Southampton		1977
O'LEARY, Hanora	16	Terceira	Irlandesa	Queenstown		1975
OLSEN, Artur Karl	9	Terceira	N. Americano	Southampton		1975
OXENHAM, Percy Thomas	22	Segunda	Britânico	Southampton	Pedreiro	1954
RAY, Frederick Dent	32	Tripulação	Britânico	Belfast	Garçom	1977
RIDSDALE, Lucy	50	Segunda	Britânica	Southampton	Enfermeira	?
RIORDAN, Hannah	18	Terceira	Irlandesa	Queenstown	Doméstica	1982
SANDSTRÖM, Agnes Charlotta	24	Terceira	Sueca	Southampton		1985
SANDSTRÖM, Beatrice Irene	1	Terceira	Sueca	Southampton		1995

SANDSTRÖM, Marguerite Rut	4	Terceira	Sueca	Southampton		1963
SLAYTER, Hilda Mary	30	Segunda	Canadense	Queenstown	Cantora	1965
SMYTH, Julia	17	Terceira	Irlandesa	Queenstown		1977
SVENSSON, Johan Cervin	14	Terceira	Sueco	Southampton		1981
TENGLIN, Gunnar Isidor	25	Terceira	Sueco	Southampton	Operário	1974
VARTANIAN, David	22	Terceira	Armênio	Cherbourg	Trab. rural	1966
VIGOTT, Philip Francis	32	Tripulação	Britânico	Southampton	Marujo	?

Standard 14

Nome	Idade	Classe	Nacionalidade	Embarque	Profissão	Falecimento
BROWN, Elizabeth Catherine	40	Segunda	Sul-africana	Southampton		1925
BROWN, Edith Eileen	15	Segunda	Sul-africana	Southampton	Estudante	1997
BULEY, Edward John	27	Tripulação	Britânico	Southampton	Marujo	1917
CAMERON, Clear Annie	35	Segunda	Britânica	Southampton		1962
CLARKE, Ada Maria	28	Segunda	Britânica	Southampton		1953
COLLYER, Charlotte Annie	31	Segunda	Britânica	Southampton		1914
COLLYER, Marjorie Charlotte	8	Segunda	Britânica	Southampton		1965
COMPTON, Mary Eliza	64	Primeira	N. Americana	Cherbourg		1930
COMPTON, Sara Rebecca	39	Primeira	N. Americana	Cherbourg		1952
COOK, Selena	22	Segunda	Britânica	Southampton		1964
DAVIES, Elizabeth Agnes Mary	48	Segunda	Britânica	Southampton		1933
DAVIES, John Morgan Jr.	8	Segunda	Britânico	Southampton		1951
HARDER, William	39	Tripulação	Britânico	Southampton	Faxineiro	1947
HART, Esther Ada	48	Segunda	Britânica	Southampton		1928
HART, Eva Miriam	7	Segunda	Britânica	Southampton		1996
LANG, Fang	32	Terceira	Chinês	Southampton	Marujo	?
LAROCHE, Juliette Marie	22	Segunda	Francesa	Cherbourg		1980
LAROCHE, Louise	1	Segunda	Francesa	Cherbourg		1998

LAROCHE, Simonne Marie Anne	3	Segunda	Francesa	Cherbourg		1973
LEMORE, Amelia	34	Segunda	Britânica	Southampton		?
LOWE, Harold Godfrey	29	Tripulação	Britânico	Belfast	5º Oficial	1944
MELLINGER, Elizabeth Anne	41	Segunda	Britânica	Southampton		1962
MELLINGER, Madeleine Violet	13	Segunda	Britânica	Southampton		1976
MINAHAN, Daisy E.	33	Primeira	N. Americana	Queenstown	Professora	1919
MINAHAN, Lillian E.	37	Primeira	N. Americana	Queenstown		1962
MOOR, Beila	29	Terceira	Russa	Southampton	Costureira	1958
MOOR, Meier	7	Terceira	Russo	Southampton		1975
MORRIS, Frank Herbert	28	Tripulação	Britânico	Belfast	Camareiro	?
PHILLIMORE, Harold Charles	23	Tripulação	Britânico	Belfast	Garçom	1967
PORTALUPPI, Emilio Ilario	30	Segunda	Italiano	Cherbourg	Pedreiro	1974
RYAN, Edward	24	Terceira	Irlandês	Queenstown	Operário	1974
SCARROTT, Joseph George	33	Tripulação	Britânico	Southampton	Marujo	1938
THOMAS, Thamine	16	Terceira	Libanesa	Cherbourg		1974
WALLCROFT, Ellen	36	Segunda	Britânica	Southampton	Cozinheira	1947
WELLS, Dart	29	Segunda	Britânica	Southampton		1954
WELLS, Joan	4	Segunda	Britânica	Southampton		1933
WELLS, Ralph Lester	2	Segunda	Britânico	Southampton		1972
WILLIAMS, Charles Eugene	23	Segunda	Britânico	Southampton	Esportista	1935

Standard 15

Nome	Idade	Classe	Nacionalidade	Embarque	Profissão	Falecimento
ABRAHAMSSON, Abraham	20	Terceira	Finlandês	Southampton		1961
ALBIMONA, Nassef Cassem	26	Terceira	Libanês	Cherbourg	Comerciante	1962
ASPLUND, Edvin Rojj Felix	3	Terceira	Sueco	Southampton		1983
ASPLUND, Selma Augusta	38	Terceira	Sueca	Southampton		1964
ASPLUND, Lillian Gertrud[8]	5	Terceira	Sueca	Southampton		2006
AVERY, James Frank	22	Tripulação	Britânico	Southampton	C. de máquinas	?
DAHL, Charles Edward	45	Terceira	Norueguês	Southampton	Carpinteiro	1933
DALY, Margaret Marcella	30	Terceira	Irlandesa	Queenstown	Cozinheira	?
DE MESSEMAEKER, Guillaume	36	Terceira	Belga	Southampton	Trab. rural	1955
EVANS, Alfred Frank	24	Tripulação	Britânico	Southampton	Vigia	1974
FINOLI, Luigi	34	Terceira	Italiano	Southampton		?
HAKKARAINEN, Elin Matilda	24	Terceira	Finlandesa	Southampton	Doméstica	1957
HANNAH, Borak	27	Terceira	Libanês	Cherbourg	Trab. rural	1952
HARRIS, George	62	Segunda	N. Americano	Southampton	Fazendeiro	?
HEDMAN, Oskar Arvid	27	Terceira	Sueco	Southampton	Recrutador	1961
HIRVONEN, Helga Elisabeth	22	Terceira	Finlandesa	Southampton		1961

---

8. Falecida em 6 de maio de 2006, em Shrewsbury, Massachusetts, aos 99 anos.

HIRVONEN, Hildur Elisabeth	2	Terceira	Finlandesa		Southampton	1956
HOMER, Harry	40	Primeira	N. Americano		Southampton	Apostador	?
JALŠEVAC, Ivan	29	Terceira	Croata		Cherbourg		1945
J.PALMQUIST, Oskar L.	26	Terceira	Sueco		Southampton		1925
JOHNSON, Elisabeth Vilhelmina	26	Terceira	N. Americana		Southampton		1968
JOHNSON, Harold Theodor	4	Terceira	N. Americano		Southampton		1968
JOHNSON, Eleanor Ileen	1	Terceira	N. Americana		Southampton		1998
JONSSON, Carl	25	Terceira	Sueco		Southampton	Operário	?
JUSSILA, Eiriik	32	Terceira	Finlandês		Southampton		1944
KARUN, Franz	39	Terceira	Austro-húngaro		Cherbourg	Hoteleiro	1934
KARUN, Manca	4	Terceira	Austro-húngara		Cherbourg		1971
LINDQVIST, Eino William	20	Terceira	Finlandês		Southampton		?
LULIC, Nikola	29	Terceira	Croata		Southampton	Mineiro	1962
LUNDSTRÖM, Thure Edvin	32	Terceira	Sueco		Southampton	Carpinteiro	1942
MADIGAN, Margaret	21	Terceira	Irlandesa		Queenstown		?
MAMEE, Hanna	20	Terceira	Libanês		Cherbourg		?
McCARTHY, Catherine	24	Terceira	Irlandesa		Queenstown		1948
MIDTSJØ, Karl Albert	21	Terceira	Norueguês		Southampton	Trab. rural	1939
MULVIHILL, Bridget E.	25	Terceira	Britânica		Queenstown		1959
PERSSON, Ernst Ulrik	25	Terceira	Sueco		Southampton	Motorista	1951

STEWART, John	27	Tripulação	Britânico	Belfast	Garçom	?
SUNDMAN, Johan Julian	44	Terceira	Finlandês	Southampton	Trab. rural	?
THOMAS, Benjamin James	32	Tripulação	Britânico	Belfast	Garçom	?
TOMS, Francis A.	31	Tripulação	Britânico	Belfast	Garçom	?
TURJA, Anna Sofia	18	Terceira	Finlandesa	Southampton		1982
TURKULA, Hedwig	63	Terceira	Finlandesa	Southampton		1922
TÖRNQUIST, William Henry	25	Terceira	Sueco	Southampton	Marujo	1946

Standard 16

Nome	Idade	Classe	Nacionalidade	Embarque	Profissão	Falecimento
ABELSETH, Karen Marie	16	Terceira	Norueguesa	Southampton		1969
ANDERSEN-JENSEN, Carla	19	Terceira	Dinamarquesa	Southampton	Doméstica	1980
ANDREWS, Charles Edward	19	Tripulação	Britânico	Southampton	Garçom	1961
ARCHER, Ernest Edward	36	Tripulação	Britânico	Southampton	Marujo	1917
BAILEY, Joseph Henry	43	Tripulação	Britânico	Southampton	Mestre-de-armas	?
CORR, Helen	16	Terceira	Irlandesa	Queenstown		1980
DAVISON, Mary E.	34	Terceira	N. Americana	Southampton		1939
DYKER, Anna Elisabeth Judith	22	Terceira	N. Americana	Southampton		1961
FORWARD, James	27	Tripulação	Britânico	Southampton	Marujo	?
GILNAGH, Mary Katherine	17	Terceira	Irlandesa	Queenstown		1971
HEALY, Hanora	29	Terceira	Irlandesa	Queenstown		1919
JESSOP, Violet Constante	24	Tripulação	Britânica	Southampton	Camareira	1971
KELLY, Anna Katherine	20	Terceira	Irlandesa	Queenstown		1969
MANNION, Margaret	28	Terceira	Irlandesa	Queenstown		1970
MARSDEN, Evelyn	28	Tripulação	Australiana	Southampton	Camareira	1938
McCOY, Agnes	29	Terceira	Irlandesa	Queenstown		1957
McCOY, Alicia	26	Terceira	Irlandesa	Queenstown		1959
McCOY, Bernard	24	Terceira	Irlandês	Queenstown	Operário	1945
MOCKLER, Ellen Mary	23	Terceira	Irlandesa	Queenstown		1984

MORAN, Bertha Bridget	28	Terceira	Irlandesa	Queenstown		1961
MULLEN, Katherine	21	Terceira	Irlandesa	Queenstown		1970
MURPHY, Nora	34	Terceira	Irlandesa	Queenstown		?
MURPHY, Margaret Jane	25	Terceira	Irlandesa	Queenstown		1957
MURPHY, Catherine	18	Terceira	Irlandesa	Queenstown		1968
PELHAM, George	39	Tripulação	Británico	Southampton	C. de máquinas	1939
SILVÉN, Lyyli Karoliina	17	Segunda	Finlandesa	Southampton		1974
SJÖBLOM, Anna Sofia	18	Terceira	Finlandesa	Southampton		1975
TANNOUS/THOMAS, Assad	5m	Terceira	Libanês	Cherbourg		1931
TROUTT, Edwina Celia	27	Segunda	Británica	Southampton	Doméstica	1984
WILKES, Ellen	47	Terceira	Británica	Southampton		1955
WILKINSON, Elizabeth Anne	35	Segunda	Británica	Southampton		?

Dobrável A

Nome	Idade	Classe	Nacionalidade	Embarque	Profissão	Falecimento
ABBOTT, Rhoda Mary	39	Terceira	N. Americana	Southampton	Ex. de Salvação	1946
ABELSETH, Olaus Jøgensen	25	Terceira	Norueguês	Southampton	Propr. de terras	1980
BEATTIE, Thomson	36	Primeira	Canadense	Southampton	Empresário	1912
JANSSON, Carl Olof	21	Terceira	Sueco	Southampton	Carpinteiro	1978
KEEFE, Arthur	39	Terceira	N. Americano	Southampton	Granjeiro	1912
LINDELL, Edvard Bengtsson	36	Terceira	Sueco	Southampton	Trab. rural	1912
LINDELL, Elin Gerda	30	Terceira	Sueca	Southampton		1912
LUCAS, William	34	Tripulação	Britânico	Belfast	Garçom	?
OLSSON, Oscar Wilhelm	32	Terceira	Sueco	Southampton	Marujo	1967
RHEIMS, George Alexander	36	Primeira	Francês	Cherbourg		1962
THOMPSON, John William	35	Tripulação	Britânico	Southampton	C. de máquinas	?
WENNERSTRÖM, August	27	Terceira	Sueco	Southampton	Tipógrafo	1950
WILLIAMS, Richard Norris II	21	Primeira	N. Americano	Cherbourg	Esportista	1968

Dobrável B

Nome	Idade	Classe	Nacionalidade	Embarque	Profissão	Falecimento
ALLEN, Ernest Frederick	24	Tripulação	Britânico	Southampton	C. de máquinas	1968
BARKWORTH, Algernon	47	Primeira	Britânico	Southampton	Juiz de paz	1945
BRIDE, Harold Sidney	22	Tripulação	Britânico	Southampton	Telegrafista	1956
DALY, Eugene Patrick	29	Terceira	Irlandês	Queenstown	Trab. rural	1965
DORKING, Edward Arthur	18	Terceira	Britânico	Southampton	Cavalariço	1954
GRACIE, Archibald	53	Primeira	N. Americano	Southampton	Escritor / Militar	1912
JOUGHIN, Charles John	32	Tripulação	Britânico	Belfast	Padeiro-chefe	1956
LIGHTOLLER, Charles Herbert	38	Tripulação	Britânico	Belfast	2º Oficial	1952
LIVSHIN, David	25	Terceira	Russo	Southampton	Joalheiro	1912
MAYNARD, Isaac Hiram	31	Tripulação	Britânico	Belfast	Cozinha	?
MELLORS, William John	19	Segunda	Britânico	Southampton	Vendedor	?
MOSS, Albert Johan	29	Terceira	Norueguês	Southampton		1973
O'KEEFE, Patrick	21	Terceira	Irlandês	Queenstown	Trab. rural	1939
PHILLIPS, John George	25	Tripulação	Britânico	Belfast	Telegrafista	1912
SENIOR, Harry	31	Tripulante	Britânico	Southampton	C. de máquinas	1937
SUNDERLAND, Victor Francis	20	Terceira	Britânico	Southampton	Granjeiro	1973
THAYER, John Borland Jr.	17	Primeira	N. Americano	Cherbourg	Estudante	1945

Dobrável C

Nome	Idade	Classe	Nacionalidade	Embarque	Profissão	Falecimento
ABRAHIM, Mary Sophie Halaut	18	Terceira	Libanesa	Cherbourg		1976
ASSAF, Mariana	45	Terceira	Libanesa	Cherbourg	Merceeira	?
AYOU DAHER, Banoura	15	Terceira	Libanesa	Cherbourg		1970
BACLINI, Latifa	24	Terceira	Libanesa	Cherbourg		1962
BACLINI, Marie Catherine	5	Terceira	Libanesa	Cherbourg		1982
BACLINI, Eugenie	3	Terceira	Libanesa	Cherbourg		1912
BACLINI, Helene Barbara	9m	Terceira	Libanesa	Cherbourg		1939
BADMAN, Emily Louisa	18	Terceira	Británica	Southampton	Doméstica	1946
BING, Lee	32	Terceira	Chinês	Southampton	Marujo	?
CARTER, William Ernest	36	Primeira	N. Americano	Southampton		1940
CHIP, Chang	32	Terceira	Chinês	Southampton	Marujo	?
DEVANEY, Margaret Delia	19	Terceira	Irlandesa	Queenstown		1974
GEORGE/JOSEPH, Shawneene	38	Terceira	Libanesa	Cherbourg		1947
GOLDSMITH, Emily Alice	31	Terceira	Británica	Southampton		1955
GOLDSMITH, Frank John	9	Terceira	Británico	Southampton		1982
HEE, Ling	24	Terceira	Chinês	Southampton	Marujo	?
HELSSTRÖM, Hilda Maria	22	Terceira	Sueca	Southampton		1962
HOWARD, May Elizabeth	27	Terceira	Británica	Southampton		1958
HYMAN, Abraham	34	Terceira	Británico	Southampton	Moldureiro	?

ISMAY, Joseph Bruce	49	Primeira	Britânico	Southampton	Armador	1937
LAM, Ali	38	Terceira	Chinês	Southampton	Marujo	?
MOUBAREK, Omine	24	Terceira	Libanesa	Cherbourg		1922
MOUBAREK, Gerios	7	Terceira	Libanês	Cherbourg		1979
MOUBAREK, Halim Gonios	4	Terceira	Libanês	Cherbourg		1975
MOUSSELMANI, Fatima	22	Terceira	Libanesa	Cherbourg		1971
NAGIB KIAMIE, Adele	15	Terceira	Libanesa	Cherbourg		1924
NAKID, Sahid	20	Terceira	Libanês	Cherbourg		1926
NAKID, Waika	19	Terceira	Libanesa	Cherbourg		1963
NAKID, Maria	1	Terceira	Libanesa	Cherbourg		1912
NICOLA-YARRED, Jamila	14	Terceira	Libanesa	Cherbourg		1970
NICOLA-YARRED, Elias	11	Terceira	Libanês	Cherbourg		1981
PETER / JOSEPH, Catherine	24	Terceira	Libanesa	Cherbourg		1915
PETER / JOSEPH, Anna	2	Terceira	Libanesa	Cherbourg		1914
ROTH, Sarah A.	26	Terceira	Britânica	Southampton	Costureira	1947
ROWE, George Thomas	32	Tripulação	Britânico	Belfast	Timoneiro	1974
SALKJELSVIK, Anna Kristine	21	Terceira	Norueguesa	Southampton		1977
STANLEY, Amy Zillah Elsie	24	Terceira	Britânica	Southampton	Doméstica	1955
TOUMA, Hanna Youssef	27	Terceira	Libanesa	Cherbourg		1976
TOUMA, Maria Youssef	9	Terceira	Libanesa	Cherbourg		1953
TOUMA, Georges Youssef	8	Terceira	Libanês	Cherbourg		1991
ÖHMAN, Velin	22	Terceira	Sueca	Southampton		1966

Dobrável D

Nome	Idade	Classe	Nacionalidade	Embarque	Profissão	Falecimento
ANDERSSON, Ema Alexandra	17	Terceira	Finlandesa	Southampton		?
APPLETON, Charlotte	53	Primeira	N. Americana	Southampton		1924
BLACKSTRÖM, Maria Mathilda	33	Terceira	Finlandesa	Southampton		1947
BJÖRNSTRÖM-STEFFANSON, M.	28	Primeira	Sueco	Southampton	Diplomata	1962
BRIGHT, Arthur John	41	Tripulação	Britânico	Belfast	Timoneiro	1955
BROWN, Caroline Lane	59	Primeira	N. Americana	Southampton		1928
DUQUEMIN, Joseph Pierre	19	Terceira	Britânico	Southampton	Pedreiro	1950
FUTRELLE, Lily May	35	Primeira	N. Americana	Southampton		1962
HARDY, John T.	37	Tripulação	Britânico	Belfast	Camareiro	1953
HARRIS, Irene	35	Primeira	N. Americana	Southampton		1969
HOYT, Frederick Maxfield	38	Primeira	Holandês	Southampton		1940
HOYT, Jane Anne	31	Primeira	N. Americana	Southampton		1932
JERMYN, Annie Jane	26	Terceira	Irlandesa	Queenstown		?
KELLY, Mary	22	Terceira	Irlandesa	Queenstown		1950
LUCAS, William A.	25	Tripulação	Britânico	Southampton	Marujo	1924
NAVRATIL, Edmond Roger	2	Segunda	Francês	Southampton		1953
NAVRATIL, Michel Marcel	3	Segunda	Francês	Southampton		2001

NILSSON, Berta Olivia	18	Terceira	Sueca	Southampton	1976
O'DRISCOLL, Bridget	27	Terceira	Irlandesa	Southampton	1976
PETER-JOSEPH, Michael J.	4	Terceira	Libanês	Cherbourg	1991
THORNE, Gertrude Maybelle	38	Primeira	N. Americana	Cherbourg	?
WOOLNER, Hugh	45	Primeira	Britânico	Southampton	Empresário	1925

Filmografia

Ano	Título	Gênero	País	Diretor	Min.	Cor
1912	*In nacht und eis*	Drama	Alemanha	Mime Misul	30	P&B
	Saved from the Titanic	Drama	Estados Unidos	Étienne Arnaud	10	P&B
1915	*Titanic*	Drama	Itália	Pier Angelo Mazzolotti	?	P&B
1929	*Atlantic*	Drama	Inglaterra	Ewald André Dupont	90	P&B
1943	*Titanic*	Drama	Alemanha	H. Selpin & W. Kingler	85	P&B
1953	*Titanic*	Drama	Estados Unidos	Jean Negulesco	98	P&B
1955	*Die letzte nacht der Titanic*	Drama	Alemanha	Volker von Collande	50	P&B
1958	*A night to remember*[9]	Drama	Inglaterra	Roy Baker	118	P&B
1964	*The unsinkable Molly Brown*	Musical	Estados Unidos	Charles Walters	128	Cores e P&B
1979	*SOS Titanic*	Drama	Inglaterra	William Hale	180	Cores
1980	*Raise the Titanic*	Drama	Inglaterra	Jerry Jameson	115	Cores
1981	*Search for the Titanic*	Documentário	Estados Unidos	Não identificado	?	Cores e P&B
1983	*Titanic: a question of murder*	Documentário	Inglaterra	Alan Ravenscroft	?	Cores e P&B
1984	*Titanic*	Drama	Alemanha	Lutz Büscher	103	Cores
1986	*The nightmare and the dream*	Documentário	Estados Unidos	Graham Hurley	?	Cores e P&B
	Secrets of the Titanic	Documentário	Estados Unidos	Nicolas Noxon	51	Cores
1990	*Letztes Jahr: Titanic*	Documentário	Alemanha	S. Richter & A. Voigt	108	Cores e P&B

9. No Brasil, *Somente Deus por testemunha*.

Year	Title	Genre	Country	Director	Count	Color
1992	Titanic: treasure of the deep	Documentário	Estados Unidos	Não identificado	?	Cores e P&B
1993	Titanic	Documentário	Estados Unidos	Ray Johnson	?	Cores e P&B
	Titanic: the final chapter	Documentário	Estados Unidos	Não identificado	?	Cores e P&B
1994	Titanic: the legend lives on	Documentário	Estados Unidos	Melissa ô Peltier	200	Cores e P&B
	El hundimiento del Titanic	Drama	Espanha	Antonio Chavarrías	?	Cores
1995	Titanica	Documentário	Estados Unidos	Stephen Low	40	Cores e P&B
1996	Titanic	Drama	Estados Unidos	Robert Lieberman	173	Cores
	The Titanic	Documentário	Estados Unidos	Não identificado	?	Cores e P&B
	Great adventures of the 20th century	Documentário	Estados Unidos	Não identificado	?	Cores e P&B
1997	La femme de chambre du Titanic	Romance	França	J. J. Bigas Luna	101	Cores
	Titanic: anatomy of a disaster	Documentário	Estados Unidos	David Elisco	105	Cores e P&B
	The Titanic tragedy	Documentário	Estados Unidos	Não identificado	?	Cores e P&B
	Terror on the Titanic	Documentário	Estados Unidos	Bill Schwartz	?	Cores
	Titanic	Drama	Estados Unidos	James Cameron	194	Cores
1998	Titanic, end of an era	Documentário	Inglaterra	Não identificado	55	Cores
	Echoes of Titanic	Documentário	Inglaterra	Não identificado	55	Cores
	Titanic survivors	Documentário	Inglaterra	Alan Ravenscroft	?	Cores e P&B
	Titanic remembered	Documentário	Inglaterra	Não identificado	?	Cores e P&B
	Titanic: the mistery & the legacy	Documentário	Inglaterra	Não identificado	55	Cores e P&B

	The lost film of the Titanic	Documentário	Inglaterra	Roger Hardingham	?	Cores e P&B
	The captain of the Titanic	Documentário	Inglaterra	Não identificado	55	Cores e P&B
	Titanic expedition 2: the discovery	Documentário	Estados Unidos	Não identificado	?	Cores e P&B
	Beyond Titanic	Documentário	Estados Unidos	Edith Becker	?	Cores e P&B
	Titanic: breaking new ground	Documentário	Estados Unidos	Y. Debonne & D. McCallie	43	Cores
	Titanic live	Documentário	Estados Unidos	Não identificado	?	Cores e P&B
	Titanic: secrets revealed	Documentário	Estados Unidos	John Tindall	?	Cores e P&B
	The unsinkable RMS Titanic	Documentário	Estados Unidos	Não identificado	?	Cores e P&B
	Titanic: untold stories	Documentário	Estados Unidos	Não identificado	?	Cores e P&B
1999	The making of "Titanic"	Documentário	Estados Unidos	Andy Hill	60	Cores
	The battle for Titanic	Documentário	Estados Unidos	Chris Powell	?	Cores e P&B
	Answers from the abyss	Documentário	Estados Unidos	Não identificado	?	Cores e P&B
	Doomed sisters of the Titanic	Documentário	Estados Unidos	Melissa Jo Peltier	45	Cores e P&B
	The Titanic chronicles	Documentário	Estados Unidos	Wayne Keeley	55	Cores
2003	Ghosts of the abyss	Documentário	Estados Unidos	James Cameron	59	Cores
2005	Last mysteries of the Titanic	Documentário	Estados Unidos	James Cameron	?	Cores e P&B

Eventos Posteriores

1913

Em abril, criada nos Estados Unidos a Patrulha Internacional do Gelo, para atuar no Atlântico Norte sob a supervisão da Guarda Costeira.

Em junho, Ismay, que desde o ano anterior vem sendo alvo de execração pública, perde suas posições de mando na WSL e na IMM e reduz sua vida social. Na IMM, cede seu lugar a Harold Sanderson, o mesmo executivo que o substituiu em 2 de abril de 1912, quando o Titanic partiu de Belfast para Southampton.

Publicada nos Estados Unidos a memória do Coronel Gracie, *The truth about the Titanic*.

A polonesa Leah Aks dá à luz uma menina e, desejando homenagear o Capitão Rostron, chama-a Sarah Carpathia Aks. As freiras do hospital, ao preencher o registro de nascimento, enganam-se, registrando a menina como Sarah Titanic Aks.

1914

Em fevereiro, a WSL lança o Gigantic, mas, para evitar alusões ao tamanho do navio e ao destino do Titanic, rebatiza-o: é o Britannic, que também terá vida breve.

Dick Williams vence o campeonato norte-americano individual de tênis, triunfo que repetirá em 1916.

Um incêndio no Estúdio Eclair, nos Estados Unidos, destrói o filme *Saved from Titanic*, de 1912.

1915

Lançado na Itália o filme *Titanic*, em preto-e-branco, silencioso, com direção de Pier Angelo Mazzolotti.

A 7 de maio, o Lusitania, da Cunard, é afundado por um submarino alemão no litoral da Irlanda.

A 1º de setembro, o Olympic é requisitado pelo Almirantado Britânico para o transporte de tropas. No dia 24, deixará Belfast para exercer a nova atividade, sob o comando do Capitão Bertram Hays, e passará a ser chamado HMT Olympic (His Majesty's Transport).

1916
O Britannic, a serviço da marinha inglesa, afunda no mar Egeu ao bater numa mina alemã. Morrem 28 pessoas, a maioria nos botes salva-vidas, sugados pelas hélices. Entre os sobreviventes, a agora enfermeira Violet Jessop, que, além de salvar-se no naufrágio do Titanic, também estava a bordo do Olympic, quando este colidiu com o cruzador Hawke.

1917
Os Estados Unidos declaram guerra à Alemanha. Dick Williams se alista. Serve na França com tamanha bravura que o governo francês o condecora com a *Croix de Guerra* e lhe outorga o título de *Chevalier de la Légion d'Honneur.*

1918
Em maio, o Olympic, dotado de canhões, é atacado por um submarino alemão. O torpedo falha. O Olympic responde e põe a pique a belonave inimiga. Alguns dos tripulantes do submarino sobrevivem e são recolhidos pelo contratorpedeiro norte-americano US Davis. Em novembro, com a rendição da Alemanha, o navio é devolvido à WSL, que modifica sua motorização para o emprego de óleo combustível.

1920
Dick Williams vence o Torneio de Wimbledon – duplas.

1921
Charles Chaplin é um dos passageiros do Olympic para a Inglaterra.

1924
    O Olympic, sob o comando do Capitão J. Howarth, colide com um navio menor, o Fort St. George, no cais 59 do porto de Nova York.
    Dick Williams ganha a medalha de ouro na Olimpíada de Paris – duplas mistas.

1925
    Dick Williams vence o Aberto dos Estados Unidos – duplas, triunfo que repetirá no ano seguinte.

1929
    Em novembro, a quebradeira bancária nos Estados Unidos é relacionada com o afundamento do Titanic.
    Lançado na Inglaterra o filme *Atlantic*, em preto-e-branco, com direção de Ewald André Dupont e duração de 90 minutos. Reconstitui a tragédia com personagens de ficção.
    O Capitão Rostron publica o livro *Home from the sea*.

1932
    Lady Duff Gordon publica suas memórias, *Discretions and indiscretions*, em que evoca sua experiência no Titanic.
    Morre em Nova York, aos 65 anos, Margaret Brown.

1934
    O Olympic colide com o navio-farol Nantucket.
    A Cunard se associa à WSL. A nova companhia passa a chamar-se Cunard White Star. Pouco depois a absorve.
    Violet Jessop publica a memória *Titanic survivor*.

1935
    A 12 de abril, o Olympic, o "Velho Confiável", retorna a Southampton, após sua última viagem a Nova York. Fez 500 travessias do Atlântico. A 13 de outubro, ruma para o estaleiro, em

Belfast, onde suas peças mais valiosas são vendidas para residências, hotéis e museus.

Lightoller publica o livro *Titanic and other ships*.

Da mitologia, neste ano: um navio cruza o usualmente agitado Atlântico Norte, com uma carga de carvão para o Canadá. Já tarde de uma noite escura, o vigia William Reeves observa que o mar se apresenta excessivamente calmo. O cargueiro está na mesma zona da catástrofe de 1912. Reeves se recorda do Titan de Robertson e, impressionável, começa a enervar-se. E outra má lembrança o assalta: o Titanic colidiu com o iceberg a 14 de abril, dia de seu aniversário. Reeves se descontrola e grita: "Perigo! Perigo!" O navio reverte os motores. A tripulação acorre ao convés e, estupefata, vê o navio imobilizar-se a poucos metros de um grande iceberg. Minutos depois, está cercado de montanhas de gelo. Nove dias serão necessários para que um quebra-gelo consiga libertá-lo. O nome do cargueiro: Titanian.

1937

Após viver muitos anos em reclusão, morre Ismay, aos 74 anos.

A 19 de setembro, aquilo que resta do Olympic começa a ser desmontado e vendido como ferro-velho.

1941

Durante um ataque aéreo alemão a Belfast, uma bomba atinge o estaleiro Harland & Wolff, destruindo as plantas originais do Titanic.

1943

Lançado na Alemanha, em preto-e-branco, o filme *Titanic*, com direção de Werner Klingler e Herbert Selpin e duração de 85 minutos. A maior parte da película foi rodada a bordo do transatlântico Cap Arcona, ancorado no porto de Gdingen, no mar Báltico. Goebbels proíbe a exibição e ordena o recolhimento do negativo e suas cópias, redescobertas somente após o fim da guerra.[10]

1945

A 30 de janeiro, torpedeado por um submarino soviético S-13, naufraga o navio alemão Wilhelm Gustiloff, com um passivo incerto entre 5.000 e 9.000 mortos. É a maior tragédia marítima da história.

1955

Walter Lord publica o clássico *A night to remember*.

1958

O Quarto Oficial Boxhall atua como conselheiro no filme de Roy Baker, *A night to remember* (Somente Deus por testemunha).

1980

Em julho e agosto, a bordo do H. J. W. Fay, expedição do milionário norte-americano Jack Grimm, com cientistas do Scripps Institute of Oceanography (California, em San Diego) e do Lamont-Doherty Geological Observatory (Universidade de Columbia), tenta localizar, sem êxito, os restos do Titanic.

1981

Em junho, a bordo do Gyre, novo fracasso de Jack Grimm.

1983

Em julho, frustra-se a terceira e última expedição de Jack Grimm.

---

10. *v.* no Apêndice a filmografia, com as fitas rodadas em anos mais recentes.

1985

De 9 de julho a 7 de agosto, a bordo do Le Surôit, a expedição franco-norte-americana liderada pelo Dr. Robert Ballard (Woods Hole Oceanographic Institution, de Massachusetts) e Jean-Louis Michel (Institute Français de Recherches pour l'Exploitation des Mers – IFREMER) procura o ponto do naufrágio, delimitando uma área de 260km^2. As operações são suspensas devido ao mau tempo.

Os mesmos investigadores retornam ao Atlântico Norte, em expedição que começa a 22 de agosto e termina a 4 de setembro. Operando um sonar e o submergível não tripulado Argo, dirigido por controle remoto e dotado de câmara de vídeo que transmite as imagens por um cabo de fibra ótica, Ballard explora 80% da área anteriormente delimitada e, à 1h da madrugada de 1º de setembro, descobre os restos do Titanic a quase quatro kilômetros de profundidade, 560km a sudeste de Terra Nova e a 1.600km de Nova York. A seção da popa encontra-se em 41°43'35"N - 49°56'54"O, a seção da proa em 41°43'57"N - 49°56'49"O, a 600m de distância uma da outra. A primeira visão de Ballard é uma das caldeiras. Os detritos se espalham em área de 2,6km^2. A pressão, nessa profundidade, é de 400kg por cm^2.

No mesmo dia, 1º de setembro, o jornal britânico *The Observer* dá a notícia. Considerada a diferença de fuso horário, a matéria foi feita horas antes da descoberta.

1986

A 13 de julho, no Atlantis II, o Dr. Ballard retorna ao mar e, com o pequeno submarino Alvin, procede ao primeiro mergulho tripulado às ruínas do Titanic. O submarino abriga três tripulantes, que operam por controle remoto o minúsculo robô Jason Junior. Preso a um cabo de 76m, o robô dispõe de holofotes, máquina fotográfica e câmara de vídeo, e explora o interior do navio, tanto a seção da proa como a da popa. A expedição encerra-se a 24 de julho, após 11 mergulhos.

O congresso norte-americano aprova a Lei Memorial do Titanic, visando a preservação de seus restos.

1987

A 22 de julho, cientistas do IFREMER, patrocinados por empresas norte-americanas e a bordo do Nadir, mergulham no submergível Nautile, que opera o robô Robin. Em sete semanas, realizam 32 mergulhos e recolhem 1.800 objetos do Titanic.

Empresários interessados na preservação dos restos do navio fundam a RMS Titanic Inc., que em cooperação com o IFREMER procede a uma nova expedição ao Titanic. Entre 1987 e 1996, 5.000 objetos serão resgatados e preservados.

A 20 de dezembro, o navio de passageiros Doña Paz colide com um petroleiro nas Filipinas, vitimando 4.300 pessoas. É a maior tragédia marítima da história da navegação comercial.

1989

O Dr. Ballard cria a Jason Foundation for Education, para interessar as crianças em assuntos relacionados com a exploração do fundo do mar.

1991

A IMAX Corporation, de Nova York, associada ao Instituto Oceanográfico P. P. Shirsov, de Moscou, filma o Titanic, realizando estudos biológicos e recolhendo amostras da metalurgia do casco. A expedição observa a ação predadora dos exploradores submarinos em busca de troféus, que modificaram o cenário do naufrágio.

Realiza-se em Paris uma exposição dos objetos recolhidos do navio.

1993

O dr. Ballard publica o livro *Finding the Titanic*, em que narra como se deu sua descoberta.

1994

Realiza-se em Londres, no National Maritime Museum, uma grande exposição, com objetos retirados do navio entre os anos 1987 e 1993 e a presença de passageiros do Titanic, entre eles Edith Eileen Brown (Haisman pelo casamento), que em 1912 tinha 15 anos, e Eva Hart, que tinha sete, sobreviventes no Standard 14.

1996

IFREMER & RMS Titanic Inc. procedem a uma expedição fotográfica ao exterior e ao interior do navio. Tentam resgatar, sem êxito, uma parte do casco pesando 11t.

1997

Elizabeth "Millvina" Dean, a mais jovem sobrevivente do Titanic (Standard 10), retorna ao local do naufrágio como passageira do Queen Elizabeth II: "Há 85 anos, eu estava aqui. Eu era apenas um bebê, a bordo do maior e mais bonito navio do mundo".

1998

Localizada na Alemanha, em poder de um colecionador, cópia do filme *In nacht und eis*, de 1912. Originalmente com 30 minutos, na versão restaurada passou a ter 35 minutos.

IFREMER & RMS Titanic Inc., em nova expedição liderada por George Tulloch, recolhem 20t de peças do casco do Titanic, que são carregadas no navio Abeille.

2001

Em meio a grande controvérsia pública, os norte-americanos David Leiboweitz e Kimberley Miller casam-se no fundo do mar, a bordo de um submarino, na vizinhança da sepultura do Titanic.

2002
Morre em Nova York, aos 84 anos, o escritor Walter Lord, autor do clássico *A night to remember*.

O bebê desconhecido adotado pela tripulação do Mackay-Bennet é identificado pela tecnologia DNA. Ele se chamava Eino Viljam Panula, nascido a 10 de março de 1911, na Finlândia, e viajava na Terceira Classe do navio, com a mãe, Maria Panula, e dois irmãos pequenos, para encontrar o pai nos Estados Unidos. Todos pereceram no naufrágio.

2004
O dr. Ballard retorna ao Titanic, 19 anos após sua descoberta, para chamar a atenção sobre os prejuízos sofridos pelos restos do navio com as visitas de exploradores pouco criteriosos.

***

O Titanic jaz a 3.657 metros de profundidade, numa elevação levemente inclinada, bastante ampla, diante de um pequeno desfiladeiro, pouco abaixo. A proa está voltada na direção norte e o navio mantém-se ereto. O que sobrou das poderosas chaminés aponta para o alto. Não há luz. É um lugar tranqüilo, pacífico e apropriado ao descanso dos restos da maior tragédia dos mares. Que assim seja, e que Deus abençoe as almas que encontramos.

ROBERT BALLARD[11]

---

11. Conf. MARRIOTT, Leo. *Titanic; o naufrágio*. Rio de Janeiro: Record, 1998. p.144.

Glossário

Antepara. Painel vertical que delimita e divide os compartimentos de colisão.
Arrebentação. Choque das ondas contra qualquer obstáculo, como um iceberg.
Asa da ponte de comando. Prolongamento lateral da ponte a céu aberto, que se estende até os dois bordos do navio.
Bailéu. Plataforma entre o *tank top* e o último convés do navio.
Balaustrada. Proteção à beira de uma plataforma.
Bomba de esgoto. Bomba empregada para esgotar a água do mar dos porões. O serviço sanitário também é feito por bombas.
Bombordo. Bordo esquerdo de uma embarcação, considerada da popa para a proa, em oposição a estibordo (boreste).
Bordo. Cada um dos lados da embarcação. Em alguns casos, como na expressão "estar a bordo", significa a própria embarcação.
Bueiro. Pequeno orifício que se conserva aberto nas embarcações de pequeno porte em desuso, para escoamento da água acumulada
Bujão do bueiro. Tampa roscada do bueiro.
Cabine. Aposento provido de camas para passageiros. *Camarote*.
Cana do leme. Nos botes, empunhadura de madeira articulada à popa, para movimentar manualmente o leme.
Carpinteiro. Suboficial responsavel por diversos serviços de manutenção.
Carena. A seção longitudinal do costado que fica abaixo da superfície, entre a linha d'água e a quilha.
Carregar o leme. Movimentar o leme para um bordo ou outro.
Carta náutica. Mapa com a representação de uma seção do mar, onde estão assinalados litorais, ilhas e quaisquer obstáculos à navegação.

Carvoeira. Depósito da embarcação onde se guarda o carvão a ser queimado nas fornalhas.

Carvoeiro. Nas embarcações movidas a vapor, o tripulante que transporta o carvão dos depósitos para as fornalhas.

Castelo da popa. Pavimento superior junto à popa, geralmente fechado e alcançando os bordos da embarcação. O mesmo que *tombadilho*.

Castelo da proa. Idem, junto à proa.

Cesto da gávea. Pequeno compartimento no alto do mastro de vante, ocupado pelos vigias para observações marítimas.

Compartimento de colisão. Compartimento vedado nas partes de vante e de ré de uma embarcação, para limitar a entrada da água em caso de colisão.

Contramestre. Superior dos marujos de convés, no que respeita à limpeza dos conveses e serviços de manutenção: cordame, botes etc.

Costado. O lado visível da embarcação.

CQD. Sinal de socorro empregado antes da adoção do SOS.

Efeito canal. Agitação da superfície aquática quando um navio passa perto de outro que esteja em diagonal.

Estibordo. Lado direito de uma embarcação, considerada da popa para a proa, em oposição a bombordo. No Brasil, desde 1884, *boreste*, termo adotado pela Marinha de Guerra para evitar confusão com bombordo na voz de manobra.

Fornalheiro. Nas embarcações a vapor, o tripulante responsável pela queima do carvão nas fornalhas e pelo controle da pressão nas caldeiras.

Forqueta. Peça que serve para apoio do remo nos botes, de modo que, no ato de remar, ele possa ser alavancado.

Lâmpada. Lâmpada de grande intensidade e alcance, empregada para comunicações em código Morse.

Latitude. Distância angular tomando como ponto de referência um astro, calculada de 0 a 90° de um lugar em relação à linha do equador, sendo 0° no equador e até 90° sul ou norte dos pólos.

Leme. Sistema direcional fixado na popa, constante de uma asa vertical articulada.

Linha d'água. Faixa pintada no casco, da proa à popa, cujo limite inferior corresponde à linha de flutuação quando a embarcação está vazia.

Livro de bordo. Livro diário dos registros náuticos.

Longitude. Distância angular tomando como ponto de referência um astro, calculada de 0 a 180° em relação ao meridiano de Greenwich, sendo 0° nesse meridiano e até 180° leste ou oeste do arco do equador.

Milha marítima. Unidade de distância correspondente, na Inglaterra e nos Estados Unidos, a 1.853m. No Brasil, 1.852m.

Nó. Unidade de velocidade de uma embarcação, correspondente a uma milha marítima por hora.

Ponte de comando. Pavimento constante da sala de navegação, sala do leme, sala dos mapas e alojamento do capitão.

Popa. A parte traseira de uma embarcação, em oposição à proa.

Porta estanque. Porta metálica, para vedar a passagem da água, gases ou fogo de um compartimento para outro.

Portaló. Grande abertura no costado do navio, para acesso de pessoal ou carga.

Prático. Piloto que conduz o navio em áreas que demandam conhecimento local, como o acesso aos portos.

Proa. A parte dianteira de uma embarcação, em oposição à popa.

Quarto. O tempo de quatro horas em que os tripulantes são encarregados dos serviços permanentes de bordo.

Quilha. Peça que se estende em sentido longitudinal na parte mais inferior do casco, à qual se prendem todas as estruturas verticais do esqueleto de uma embarcação.

Sala de navegação. Uma das dependências da ponte de comando, com janelas abertas para a proa, onde se encontram instrumentos de navegação e permanecem o capitão ou os oficiais do quarto no comando do navio.

Sala do leme. No Titanic, sala do timão, atrás da sala de navegação

Sextante. Instrumento de reflexão que mede a altura dos astros e suas distâncias angulares, permitindo a localização do navio e, em conseqüência, a distância percorrida.

SOS. Solicitação de urgente socorro, recomendada aos navios a partir de 1906.

Tank top. Teto do tanque do fundo duplo do navio, no túnel da popa.

Telégrafo. Aparelho de acionamento mecânico ou elétrico na sala de navegação, que transfere comandos à sala do leme e à casa de máquinas.

Timão. Roda manejada pelo timoneiro, que comanda o leme do navio.

Tombadilho. *v.* Castelo da popa.

Turco. Coluna metálica móvel, curvada em sua seção superior, que sustenta os botes salva-vidas para arriá-los ou içá-los.

Vante. Seção dianteira.

Vigia. Abertura circular no costado, dotada de vidro, para iluminar e, eventualmente, arejar dependências do navio.

Consultas

Fontes principais
United States Senate Inquiry, 1912
British Wreck Comissioner's Inquiry, 1912

Sites
http://college.hmco.com/history
http://elnuevocojo.com
http://fisica.ufpr.br
http://my.execpc.com
http://navsoft.com.br/terminologia
http://ourworld.compuserve.com
http://páginas.terra.com.br
http://perso.wanadoo.fr
http://scriptorium.lib.duke.edu
http://scriptorium.lib.duke.edu
http://seafarer.netfirms.com
http://seawifs.gfsc.nasa.gov
http://www.aminharadio.com
http://www.andersonkill.com
http://www.attackingthedevil.co.uk
http://www.auxetrain.org/Nav1
http://www.dalbeattie.com
http://www.encyclopedia-titanica.org
http://www.euronet.nl
http://www.everything2.com
http://www.geocities.com
http://www.greatoceanliners.net
http://www.greatships.net
http://www.historyonthenet.com
http://www.imdb.com
http://www.keyflux.com
http://www.literati.org/ballard
http://www.lodelink.com

http://www.naufragios.com.br
http://www.npr.org
http://www.pottsoft.com
http://www.queens-island.co.uk
http://www.si.edu
http://www.titanicbooksite.com
http://www.titanichistoricalsociety.org
http://www.titanicinquiry.org
http://www.titanic-nautical.com
http://www.titanic-titanic.com
http://www.travelserver.net
http://www.uh.edu/engines

Livros

BAINBRIDGE, Beryl. *Cada um por si*
São Paulo: Companhia das Letras, 1998
Tradução de Carlos Sussekind

CHERQUES, Sérgio. *Dicionário do mar*
São Paulo: Globo, 1999

CUSSLER, Clive. *Resgatem o Titanic*
Rio de Janeiro: Record, s.d.
Tradução de Marcílio Barbosa

ENZENSBERGER, Hans Magnus. *O naufrágio do Titanic*
São Paulo: Companhia das Letras, 2000
Tradução de José Marcos Mariani de Macedo

JESSOP, Violet. *Sobrevivente do Titanic*
Fortaleza: Brasil Tropical, 1998
Tradução de Antonio Giampietro

LORD, Walter. *A night to remember*
New York: Henry Holt, 1955

MARRIOTT, Leo. *Titanic, o naufrágio*
Rio de Janeiro: Record, 1998
Tradução de Marcos Asrão Reis e Valéria Rodrigues

SERLING, Robert. *A maldição do Titanic*
Rio de Janeiro: Record, 1994
Tradução de Reinaldo Guarany

TEVES, Vasco Hogan. *Datas e factos da história do mundo*
Lisboa: Verbo, 1972

WEBB, Barbara. *Dicionario náutico en 10 idiomas*
Madrid: Tutor Nautica, 2001

E-books
BEESLEY, Lawrence. *The loss of the SS Titanic*
LIGHTOLLER, Charles. *Titanic and other ships*
MARSHALL, Logan. *Sinking of the Titanic and great sea disasters*

Entrevista
BOXHALL, Joseph Groves. Radio Interview - October, 1962
Transcribed by Capt. Charles B. Weeks and Cathy Akers-Jordan
http://www.encyclopedia-titanica.org

Filmes
Titanic (Titanic)
Direção: Herbert Selpin e Werner Kingler
Alemanha, 1943

Titanic (Titanic)
Direção: Jean Negulesco
Estados Unidos, 1953

Somente Deus por testemunha (A night to remember)
Direção: Roy Baker
Inglaterra, 1958

Titanic (Titanic)
Direção: James Cameron
Estados Unidos, 1997

Últimos mistérios do Titanic (Last mysteries of the Titanic)
Direção: James Cameron
Estados Unidos, 2005

O Autor

SERGIO FARACO nasceu em Alegrete, no Rio Grande do Sul, em 1940. Nos anos 1963-5 viveu na União Soviética, tendo cursado o Instituto Internacional de Ciências Sociais, em Moscou. Mais tarde, no Brasil, bacharelou-se em Direito. Em 1988, seu livro *A dama do bar nevada* obteve o Prêmio Galeão Coutinho, conferido pela União Brasileira de Escritores ao melhor volume de contos lançado no Brasil no ano anterior. Em 1994, com *A lua com sede*, recebeu o Prêmio Henrique Bertaso (Câmara Rio-Grandense do Livro, Clube dos Editores do RS e Associação Gaúcha de Escritores), atribuído ao melhor livro de crônicas do ano. No ano seguinte, como organizador da coletânea *A cidade de perfil*, fez jus ao Prêmio Açorianos de Literatura – Crônica, instituído pela Prefeitura Municipal de Porto Alegre. Em 1996, foi novamente distinguido com o Prêmio Açorianos de Literatura – Conto, pelo livro *Contos completos*. Em 1999, recebeu o Prêmio Nacional de Ficção, atribuído pela Academia Brasileira de Letras à coletânea *Dançar tango em Porto Alegre* como a melhor obra de ficção publicada no Brasil em 1998. Em 2000, a Rede Gaúcha SAT/RBS Rádio e Rádio CBN 1340 conferiram ao seu livro de contos *Rondas de escárnio e loucura* o troféu Destaque Literário (Obra de Ficção) da 46ª Feira do Livro de Porto Alegre (Júri Oficial). Em 2001, recebeu mais uma vez o Prêmio Açorianos de Literatura – Conto, por *Rondas de escárnio e loucura*. Em 2003, recebeu o Prêmio Erico Verissimo, outorgado pela Câmara Municipal de Porto Alegre, e o Prêmio Livro do Ano (Não-Ficção) da Associação Gaúcha de Escritores, por *Lágrimas na chuva*, que também foi indicado como Livro do Ano pelo jornal *Zero*

Hora, em sua retrospectiva de 2002, e eleito pelos internautas, no site ClicRBS, como o melhor livro rio-grandense publicado no ano anterior. Em 2004, a reedição ampliada de *Contos completos* é distinguida com o Prêmio Livro do Ano no evento O Sul e os Livros, patrocinado pelo jornal *O Sul*, TV Pampa e Supermercados Nacional. No mesmo evento, é agraciada como o Destaque do Ano a coletânea bilíngüe *Dall'altra sponda/Da outra margem*, em que participa, ao lado de Armindo Trevisan e José Clemente Pozenato. Seus contos foram publicados nos seguintes países: Alemanha, Argentina, Bulgária, Chile, Colômbia, Cuba, Estados Unidos, Paraguai, Portugal, Uruguai e Venezuela. Reside em Porto Alegre.

GRÁFICA EDITORA
Pallotti
IMAGEM DE QUALIDADE

Santa Maria - RS - Fone/Fax: (55) 3220.4500
www.pallotti.com.br